# SCP-001

## Le secret le mieux gardé de la Fondation SCP enfin dévoilé ?

©Docteur Bright, 2023

Tous droits réservés. Aucune partie de ce livre ne peut être reproduite ou transmise sous quelque forme que ce soit, électronique ou mécanique, y compris l a photocopie, l'enregistrement ou tout stockage dans un système d'information, sans l'autorisation écrite de l'auteur, sauf pour une brève citation dans une critique ou un article de presse.

# Sommaire

Introduction ................................................................................. 6

La genèse de la Fondation SCP ............................................................ 6
L'univers étendu de la Fondation SCP ..................................................... 7
Le phénomène culturel et sa popularité ................................................... 9

## La Fondation SCP : Structure et organisation ..................... 11

Les branches de la Fondation ............................................................. 11
La hiérarchie et organisation interne .................................................... 12
Les sites et zones de la Fondation ....................................................... 14
Les groupes d'intervention mobiles (MTF) ................................................. 16

## Le personnel de la Fondation SCP .................................. 18

Le Conseil O5 ............................................................................. 18
Directeurs de sites ....................................................................... 19
Chercheurs ................................................................................ 20
Agents de terrain ......................................................................... 22
Personnel de sécurité ..................................................................... 23
Classe D .................................................................................. 25
Sécurité et formation ..................................................................... 26
Récits et témoignages de membres du personnel ............................................. 28

## Les sites et installations de la Fondation SCP ................... 30

Répartition géographique .................................................................. 30
Sites de confinement ...................................................................... 32
Sites de recherche ........................................................................ 33
Sites administratifs ...................................................................... 35
Sécurité et protocoles d'urgence .......................................................... 36

## Les Groupes d'Intérêt (GI) ......................................... 39

Introduction aux Groupes d'Intérêt ........................................................ 39
Groupes d'Intérêt alliés, neutres et hostiles ............................................. 41

La Coalition Mondiale Occulte (CMO) ............................................................................. 42
L'Insurrection du Chaos (IC) ......................................................................................... 44
Are We Cool Yet? (AWCY?) ............................................................................................ 45
L'Église du Dieu Brisé ................................................................................................... 47
Autres groupes d'intérêt notable ................................................................................. 48
Relations entre la Fondation SCP et les Groupes d'Intérêt ........................................ 49

## Classification des objets SCP ......................................................................... 52

Classe SCP Sûrs ............................................................................................................ 52
Classe SCP Euclide ....................................................................................................... 53
Classe SCP Keter .......................................................................................................... 54
Classes spéciales et non-standard .............................................................................. 55
Exemples notables d'objets SCP .................................................................................. 57
Procédures de confinement spéciales ......................................................................... 59

## Les protocoles et opérations ........................................................................... 61

Les procédures de confinement ................................................................................... 61
Les protocoles d'urgence .............................................................................................. 62
Les expériences et recherches scientifiques ............................................................... 64
Les opérations de récupération et d'enquête .............................................................. 65

## Études de cas spécifiques des SCP les plus célèbres et notables .................................................................................................................. 68

SCP-173 : La Sculpture ................................................................................................. 68
SCP-087 : L'Escalier Infini ............................................................................................ 69
SCP-096 : Le Timide ...................................................................................................... 71
SCP-682 : Le Lézard Indestructible .............................................................................. 72
SCP-914 : La Machine à Améliorer ............................................................................... 74
Autres SCP notables ..................................................................................................... 75

## Les opérations et incidents majeurs de la Fondation SCP ..... 78

Les évasions et incidents de confinement ................................................................... 78
Les protocoles de fin du monde (K-Class Scenarios) ................................................. 80
Les expérimentations SCP notables ............................................................................ 81
Les opérations de récupération et de neutralisation .................................................. 83

## Les événements marquants de l'histoire de la Fondation SCP .. 86

Les incidents majeurs et les brèches de confinement ............................................. 86
Les développements scientifiques et technologiques ............................................. 88

## Controverses et débats éthiques ............................................................. 90

Traitement des objets SCP et des individus affectés ............................................. 90
Utilisation du personnel de classe D ............................................................ 91
Questions de surveillance et de contrôle ....................................................... 93
La Fondation SCP face à la critique ............................................................ 94

## Les récits et contes de la Fondation SCP ............................................. 97

Les récits et contes du SCP .................................................................... 97
Les canons narratifs et les univers alternatifs .................................................. 98
Les récits les plus influents et populaires ..................................................... 100
Les personnages clés des récits ................................................................ 102

## Le processus de création et la communauté SCP ............... 104

La communauté créative et les auteurs .......................................................... 104
L'écriture et la soumission d'un SCP ........................................................... 106
Les critères d'évaluation et le processus de vote .............................................. 107
Les branches internationales de la Fondation SCP ............................................... 109
Les défis et concours au sein de la communauté ................................................. 110

## L'impact culturel et sociétal de la Fondation SCP ............... 113

La Fondation SCP et la culture populaire ....................................................... 113
La Fondation SCP et la science-fiction moderne ................................................. 114
L'influence de la Fondation SCP sur les autres œuvres de fiction .............................. 116

## L'univers étendu de la Fondation SCP .................................... 118

Le site web SCP ................................................................................ 118
Les œuvres dérivées et adaptations ............................................................. 119
Les adaptations cinématographiques et télévisuelles ............................................ 121

Les jeux vidéo et expériences interactives ................................................................. 122
Événements et conventions ........................................................................................ 124

## Perspectives et avenir de la Fondation SCP ........................... 126

Évolution de la Fondation face aux défis mondiaux ................................................... 126
Nouvelles technologies et méthodes de confinement ................................................ 127
Collaboration internationale et échanges d'informations ........................................... 129
Découvertes et recherches à venir .............................................................................. 130

## Conclusion ................................................................................ 133

L'héritage de la Fondation SCP ................................................................................... 133
Les défis contemporains et futurs de la Fondation SCP ............................................. 134
Invitation à poursuivre l'exploration de l'univers SCP .................................................. 136

# Introduction

## La genèse de la Fondation SCP

La Fondation SCP a une histoire fascinante, qui remonte à plusieurs siècles avant la fondation officielle en tant qu'organisation mondiale. L'origine de la Fondation SCP est complexe et mystérieuse, mais des indices et des informations ont été collectés au fil du temps par les chercheurs et les agents de terrain de l'organisation.

Les premières manifestations des phénomènes qui allaient plus tard être classés comme des SCP remontent à l'Antiquité, où des écrits racontent des événements inexplicables et surnaturels. Cependant, l'histoire de la Fondation SCP commence vraiment à prendre forme à partir du XVIIIe siècle, avec la découverte de l'existence de plusieurs objets et entités présentant des propriétés anormales.

Les premiers efforts pour contenir ces objets étaient souvent improvisés et inefficaces, et il y avait peu de coordination entre les différentes organisations et individus impliqués. Cependant, à mesure que les connaissances sur les SCP augmentaient et que les menaces potentielles qu'ils représentaient devenaient plus claires, des groupes ont commencé à se former pour mieux comprendre, contrôler et contenir ces anomalies.

Au début du XXe siècle, il existait déjà plusieurs organisations dans le monde qui cherchaient à contenir des SCP, bien que chacune d'entre elles avait des approches et des objectifs différents. Cependant, suite à l'explosion de la bombe atomique en 1945 et la prise de conscience du potentiel destructeur de la technologie, un groupe d'individus influents a commencé à se réunir pour former une organisation qui pourrait coordonner les efforts de toutes les organisations existantes et assurer la sécurité mondiale contre les menaces SCP.

Cette organisation est devenue la Fondation SCP, officiellement fondée en 1948, et elle est rapidement devenue l'une des organisations les plus puissantes et les plus secrètes de la planète. Depuis lors, elle a connu de nombreuses évolutions, s'adaptant constamment à de nouvelles menaces et situations tout en préservant sa mission fondamentale de protéger le monde des SCP.

## L'univers étendu de la Fondation SCP

L'univers étendu de la Fondation SCP est vaste et riche, offrant une variété de contenus pour les fans de toutes sortes. Il y a bien plus que ce qui est présenté dans les fichiers SCP de base, avec des milliers d'histoires, de contes et de canons qui s'étendent sur différents médias. En effet, la Fondation SCP a suscité l'intérêt de nombreux artistes, écrivains et créateurs, qui ont contribué à l'expansion de l'univers.

Parmi les médias les plus populaires de l'univers étendu, on trouve les contes SCP, qui sont des histoires courtes explorant des événements ou des personnages spécifiques liés à la Fondation SCP. Ces contes peuvent être de différents genres, allant de l'horreur au drame en passant par la comédie, et offrent une perspective plus approfondie sur les objets SCP et les membres du personnel de la Fondation. Les canons narratifs, quant à eux, sont des histoires plus longues et plus complexes qui développent un univers alternatif de la Fondation SCP, présentant une variété de personnages et d'événements qui se croisent.

En plus des histoires, il y a également des médias dérivés tels que des jeux vidéo, des films, des séries télévisées, des bandes dessinées et des livres. Ces médias offrent des perspectives différentes sur l'univers de la Fondation SCP, tout en restant fidèles à l'essence de l'œuvre originale.

Les événements et les conventions liés à la Fondation SCP ont également gagné en popularité ces dernières années. Les fans se réunissent pour discuter de l'univers, partager des théories et des idées, et participer à des activités de création. Ces événements permettent aux fans de se connecter avec d'autres personnes partageant la même passion et de développer leur créativité.

L'univers étendu de la Fondation SCP est donc un terrain de jeu passionnant et innovant pour les fans, offrant une variété de contenus et de médias pour explorer l'univers en profondeur. Que ce soit à travers des histoires courtes, des canons narratifs, des jeux vidéo ou des événements, l'univers de la Fondation SCP continue d'inspirer une communauté créative et imaginative, offrant de nouvelles perspectives sur l'horreur et la science-fiction.

# Le phénomène culturel et sa popularité

Le phénomène culturel et la popularité de la Fondation SCP sont des éléments clés pour comprendre l'impact que cette communauté a eu sur la culture populaire et sur internet en général. Depuis sa création en 2008, la Fondation SCP a su attirer de nombreux fans à travers le monde grâce à sa communauté créative, ses objets surnaturels et ses histoires fascinantes.

La popularité de la Fondation SCP peut être attribuée en partie à la nature même de la communauté. En effet, la Fondation SCP encourage la créativité, l'imagination et la collaboration entre ses membres. Cette communauté est donc très ouverte et accueillante pour les nouveaux venus, ce qui a contribué à l'expansion rapide de la communauté.

L'un des aspects les plus fascinants de la Fondation SCP est son univers étendu, qui s'est développé au fil des années grâce aux contributions de nombreux auteurs. Cet univers comprend des centaines d'objets surnaturels, chacun ayant sa propre histoire et ses propres caractéristiques. Les fans de la Fondation SCP peuvent donc passer des heures à explorer cet univers et à découvrir de nouveaux objets surnaturels.

La Fondation SCP a également su attirer l'attention grâce à sa nature mystérieuse et secrète. En effet, la Fondation SCP est présentée comme une organisation secrète chargée de protéger l'humanité des objets surnaturels dangereux. Cette atmosphère mystérieuse a attiré de nombreux fans de science-fiction, d'horreur et de mystère.

Enfin, la Fondation SCP a réussi à s'imposer comme une référence dans le monde de la culture populaire grâce à de nombreuses adaptations, telles que des jeux vidéo, des romans et des films. Ces adaptations ont permis à la Fondation SCP de toucher un public plus large et de se faire connaître en dehors de sa communauté d'origine.

# La Fondation SCP : Structure et organisation

## Les branches de la Fondation

Les branches de la Fondation SCP sont un aspect important de son organisation. La Fondation est divisée en plusieurs branches, chacune ayant ses propres responsabilités et objectifs. Chaque branche est spécialisée dans un domaine particulier et joue un rôle crucial dans les opérations de la Fondation.

La branche la plus importante de la Fondation SCP est la branche de la sécurité. Cette branche est chargée de la sécurité des installations de la Fondation, de la protection des chercheurs et du personnel de la Fondation et de la neutralisation des menaces. Les membres de cette branche sont souvent des agents de terrain ou des membres des groupes d'intervention mobiles (MTF). La branche de la sécurité est également responsable de la mise en œuvre des protocoles de confinement et de la gestion des crises.

La branche de la recherche est une autre branche importante de la Fondation SCP. Cette branche est chargée de la recherche sur les objets SCP et de la découverte de nouveaux objets. Les membres de cette branche sont souvent des chercheurs, des scientifiques et des spécialistes de différents domaines. La branche de la recherche joue un rôle crucial dans la compréhension des objets SCP et dans le développement de nouvelles technologies et procédures pour leur confinement.

La branche de l'administration est responsable de la gestion des ressources et de la coordination des activités de la Fondation SCP. Cette branche est chargée de la gestion des sites de la Fondation, de la gestion des finances et des ressources humaines, ainsi que de la coordination entre les différentes branches de la Fondation. Les membres de cette branche sont souvent des gestionnaires et des administrateurs expérimentés.

La branche des liaisons extérieures est chargée de la gestion des relations entre la Fondation SCP et d'autres organisations et gouvernements. Les membres de cette branche travaillent à établir des contacts et des accords avec des organisations telles que l'UNSC et l'OTAN. Cette branche est également responsable de la coordination avec d'autres groupes d'intérêt.

Enfin, la branche de la sécurité informatique est chargée de la protection des systèmes informatiques et de la sécurité des données de la Fondation SCP. Les membres de cette branche sont souvent des spécialistes en informatique et en sécurité, et travaillent à protéger les réseaux de la Fondation contre les cyber-attaques.

## La hiérarchie et organisation interne

La hiérarchie et organisation interne de la Fondation SCP est un élément essentiel pour assurer le bon fonctionnement de cette organisation. Elle est caractérisée par une structure pyramidale, où les différents membres ont des rôles et des responsabilités clairement définis.

Au sommet de la hiérarchie de la Fondation SCP, on trouve le Conseil 05, qui est constitué de cinq à treize membres. Leur identité est confidentielle, même pour les autres membres de la Fondation. Le Conseil 05 a la charge de superviser l'ensemble des activités de la Fondation SCP, de prendre les décisions stratégiques et de définir les grandes orientations de l'organisation.

Juste en dessous du Conseil 05, on trouve les Directeurs de Site. Ce sont des membres de la Fondation SCP qui ont la charge d'un ou plusieurs sites de confinement. Ils sont responsables de la gestion des installations, de la sécurité des membres du personnel et des objets SCP confinés sur leur site.

Le personnel de recherche est également un élément clé de l'organisation. Il est composé de chercheurs, d'experts en sciences physiques et biologiques, et d'autres professionnels ayant une expertise spécifique. Ils sont chargés de comprendre les propriétés et les caractéristiques des objets SCP, ainsi que de trouver des moyens de les confiner et de les neutraliser si nécessaire.

Les agents de terrain sont les membres de la Fondation SCP qui sont chargés d'assurer la sécurité lors des opérations de récupération et de confinement d'objets SCP. Ils sont également responsables de la surveillance des sites de confinement et de la recherche de nouvelles sources d'objets SCP.

Le personnel de sécurité est chargé de la protection des installations de la Fondation SCP et de la sécurité des membres du personnel. Ils sont formés à la fois à la défense physique et à la défense cybernétique.

Enfin, les Classe D sont des individus recrutés à partir de la population carcérale. Ils sont utilisés pour des expériences et des tests de confinement d'objets SCP, et sont considérés comme des ressources à faible coût et à haut risque.

La Fondation SCP est divisée en plusieurs branches, chacune ayant une spécialité ou une mission spécifique. Les principales branches sont la branche de la recherche, la branche de la sécurité, la branche de la récupération, et la branche de l'administration.

La Fondation SCP dispose également de groupes d'intervention mobiles (MTF), qui sont des unités spéciales chargées d'assurer la sécurité lors des opérations de récupération et de confinement d'objets SCP. Les MTF sont formés pour faire face à différents types de menaces, qu'il s'agisse d'objets SCP spécifiques ou de situations d'urgence.

## Les sites et zones de la Fondation

Les sites et zones de la Fondation SCP sont des lieux d'une importance cruciale pour les opérations de la Fondation SCP. Ils sont utilisés pour la recherche, la détention et la protection des objets SCP ainsi que pour la formation et l'entraînement des membres du personnel.

La répartition géographique des sites et zones de la Fondation SCP est strictement confidentielle et seuls les membres du personnel de niveau supérieur ont accès à cette information. Cela est fait pour des raisons de sécurité, afin de minimiser les risques d'attaques externes ou de fuites d'information.

Les sites de confinement de la Fondation SCP sont des installations spécialement conçues pour la détention et la sécurisation des objets SCP. Ils sont équipés de mesures de sécurité avancées, notamment des systèmes de surveillance et de protection contre les intrusions, les fuites et les attaques potentielles.

Les sites de recherche de la Fondation SCP sont utilisés pour mener des expériences et des tests sur les objets SCP. Ils sont équipés de laboratoires de pointe et de matériel de haute technologie pour aider les chercheurs à étudier et comprendre les objets SCP.

Les sites administratifs de la Fondation SCP sont les centres de commandement de l'organisation. Ils abritent les bureaux des directeurs de site, du Conseil O5 et d'autres membres importants de l'organisation. Ils sont également utilisés pour la planification et la coordination des opérations de la Fondation SCP.

Les sites et zones de la Fondation SCP sont surveillés en permanence par des équipes de sécurité hautement qualifiées. Ces équipes sont formées pour répondre rapidement aux incidents et aux situations d'urgence.

Les protocoles de sécurité de la Fondation SCP sont stricts

et rigoureux, et sont régulièrement révisés et mis à jour pour garantir la sécurité du personnel et des objets SCP. Des exercices d'urgence sont régulièrement organisés pour s'assurer que le personnel est préparé à faire face à toute situation d'urgence.

## Les groupes d'intervention mobiles (MTF)

Dans l'univers de la Fondation SCP, les Groupes d'Intervention Mobiles (MTF) jouent un rôle crucial dans la mission de la Fondation. Ils sont les équipes spécialisées dans la récupération, le confinement et la neutralisation des objets SCP dangereux.

Chaque MTF est composé de membres hautement entraînés et qualifiés, et est spécifiquement conçu pour traiter avec des types d'objets SCP particuliers. Par exemple, l'équipe MTF Alpha-1 («Les Vainqueurs») est une équipe d'élite qui gère les objets SCP les plus dangereux et les plus complexes, tandis que l'équipe MTF Gamma-13 («Aspirants au Graal») est spécialisée dans la récupération et la recherche d'objets SCP liés à l'occultisme et à la magie.

Les MTF sont organisés de manière hiérarchique, avec des commandants de groupe et des chefs d'équipe responsables de la coordination des missions. Les membres de l'équipe sont soumis à un entraînement rigoureux et à des protocoles de sécurité stricts pour assurer leur sécurité et la réussite de leurs missions.

Les MTF travaillent souvent en collaboration avec d'autres

équipes de la Fondation, telles que les équipes de recherche et les agents de terrain, pour atteindre leurs objectifs. Ils peuvent également travailler en collaboration avec des Groupes d'Intérêt alliés, tels que la GdI Horizon ou l'Organisation de Restauration de la Réalité, pour atteindre des objectifs communs.

Cependant, les MTF ne sont pas invincibles et les missions peuvent souvent être dangereuses et imprévisibles. Les membres de l'équipe peuvent être confrontés à des situations extrêmes, telles que des combats avec des objets SCP puissants ou des événements de fin du monde (K-Class Scenarios), nécessitant souvent des protocoles d'urgence pour assurer leur survie et la réussite de leur mission.

En résumé, les Groupes d'Intervention Mobiles sont des équipes hautement spécialisées et entraînées de la Fondation SCP, responsables de la récupération, du confinement et de la neutralisation des objets SCP dangereux. Ils travaillent en collaboration avec d'autres équipes et Groupes d'Intérêt pour atteindre leurs objectifs, mais leur travail est souvent dangereux et imprévisible, nécessitant des protocoles de sécurité et d'urgence rigoureux pour assurer leur sécurité et la réussite de leurs missions.

# Le personnel de la Fondation SCP

## Le Conseil O5

Le Conseil O5 est l'un des organes les plus importants de la Fondation SCP, jouant un rôle crucial dans la prise de décisions stratégiques et la gestion des activités de la Fondation. Il est composé de cinq membres principaux, chacun avec un niveau de sécurité maximal et un accès à toutes les informations confidentielles de la Fondation. Les membres du Conseil O5 sont connus sous le nom de O5-1, O5-2, O5-3, O5-4 et O5-5, avec O5-1 étant le chef du conseil.

Le Conseil O5 est chargé de prendre les décisions les plus importantes de la Fondation SCP, y compris l'approbation de nouveaux projets de recherche et d'expérimentation, la détermination des priorités stratégiques de la Fondation, l'autorisation de l'utilisation de SCPs à des fins spécifiques, ainsi que la mise en œuvre de mesures de sécurité et de protocoles d'urgence.

La composition du Conseil O5 est tenue secrète, même pour les membres du personnel de la Fondation SCP de rang supérieur. Les membres du Conseil O5 sont réputés être les personnes les plus compétentes et les plus fiables de la Fondation SCP, et leur identité est protégée à tout prix pour éviter toute tentative de corruption ou de sabotage.

Bien que les membres du Conseil O5 soient des experts hautement qualifiés, leur autorité n'est pas absolue. Ils sont soumis à des limites strictes dans l'utilisation des SCPs et des ressources de la Fondation SCP, et leur pouvoir est limité par les règles et les procédures établies par la Fondation SCP.

Malgré leur importance cruciale, le Conseil O5 est souvent cité comme source de controverses et de débats éthiques. Certains critiques ont accusé le Conseil O5 de prendre des décisions dangereuses et imprudentes, mettant en danger la vie des membres du personnel et du public. D'autres ont fait valoir que leur pouvoir excessif et leur manque de transparence ont entraîné une culture de secret et de mystère qui ne sert pas les intérêts de la Fondation SCP.

En fin de compte, le Conseil O5 joue un rôle vital dans la gestion de la Fondation SCP, garantissant la sécurité de l'humanité face aux menaces surnaturelles et inconnues. Cependant, il est important de reconnaître que leur autorité doit être exercée avec prudence et responsabilité, et que la transparence et la responsabilité sont des éléments clés pour garantir la légitimité et la confiance du public.

## Directeurs de sites

Les Directeurs de sites sont des membres hautement qualifiés de la Fondation SCP qui sont responsables de la gestion des sites de la Fondation et de la supervision de toutes les activités liées aux objets SCP. Ils sont chargés de superviser toutes les opérations de confinement, de recherche, de sécurité et d'administration liées à leur site respectif.

Chaque site est dirigé par un Directeur qui est nommé

par le Conseil O5, l'organe de gouvernance suprême de la Fondation SCP. Les Directeurs sont choisis en fonction de leur expérience, de leurs compétences et de leur capacité à gérer efficacement un site. Ils sont soumis à une évaluation régulière de leur performance pour s'assurer qu'ils remplissent leurs fonctions de manière efficace et efficiente.

Les Directeurs de sites jouent un rôle crucial dans la coordination des activités de la Fondation SCP à travers le monde. Ils sont responsables de l'élaboration et de la mise en œuvre de protocoles de sécurité, de la gestion des risques liés aux objets SCP et de la coordination des opérations de terrain. Ils travaillent également en étroite collaboration avec les chercheurs, les agents de terrain et le personnel de sécurité pour s'assurer que toutes les activités sont menées dans le respect des procédures de sécurité strictes de la Fondation SCP.

En plus de leurs responsabilités de gestion, les Directeurs de sites sont également tenus de servir de liaisons avec les Groupes d'Intérêt et de coordonner la réponse de la Fondation SCP aux menaces potentielles à la sécurité mondiale. Ils sont également tenus de tenir des rapports réguliers au Conseil O5 sur les activités de leur site, ainsi que de recommander des mesures pour renforcer la sécurité et l'efficacité de la Fondation SCP.

## Chercheurs

Les chercheurs jouent un rôle crucial dans la Fondation SCP en étudiant les objets SCP pour mieux comprendre leurs propriétés et leurs comportements. Ils sont responsables de la recherche, de l'analyse et de l'interprétation des données collectées, et travaillent en étroite collaboration avec les autres membres du personnel pour améliorer les procédures de confinement et de sécurité.

Les chercheurs de la Fondation SCP ont des compétences variées, allant de la physique à la biologie en passant par la psychologie et l'ingénierie. Ils sont spécialisés dans différents domaines, tels que les sciences physiques, les sciences humaines, les technologies de l'information, etc. Cette diversité de compétences leur permet de travailler sur une grande variété d'objets SCP, qu'il s'agisse d'entités physiques, psychologiques ou encore anormales.

Les chercheurs de la Fondation SCP ont également des compétences en matière de sécurité et de confinement. Ils sont formés aux procédures de sécurité de la Fondation, aux protocoles d'urgence et aux techniques de neutralisation. Ils travaillent en étroite collaboration avec le personnel de sécurité et les agents de terrain pour garantir la sécurité des sites de la Fondation.

En plus de leur travail de recherche, les chercheurs de la Fondation SCP participent également à la rédaction de rapports, de notes de terrain et de dossiers sur les objets SCP qu'ils étudient. Ces documents servent de base pour élaborer les protocoles de confinement et de sécurité. Ils sont également utilisés pour établir des liens entre différents objets SCP, ce qui permet de mieux comprendre l'univers complexe de la Fondation SCP.

Les chercheurs de la Fondation SCP sont souvent confrontés à des défis et des situations imprévues. Ils doivent faire preuve d'imagination, de créativité et d'adaptabilité pour résoudre les problèmes complexes posés par les objets SCP. En outre, ils doivent être capables de travailler sous pression et de faire face à des situations d'urgence.

## Agents de terrain

Les agents de terrain sont l'épine dorsale de la Fondation SCP. Ils sont les membres de l'organisation qui interagissent directement avec les objets SCP, les entités anormales et les autres phénomènes qui menacent la sécurité et la stabilité de l'humanité. Les agents de terrain doivent être physiquement et mentalement aptes, ainsi que formés pour faire face à une grande variété de situations. Ils doivent également être capables de travailler en équipe et de suivre des protocoles stricts pour éviter tout danger potentiel.

Les agents de terrain sont divisés en plusieurs catégories, chacune ayant ses propres responsabilités et spécialisations. Les chercheurs de terrain sont chargés de collecter des informations sur les objets SCP et de surveiller leur comportement, tandis que les agents de sécurité protègent les sites de la Fondation et maintiennent l'ordre en cas de situation d'urgence. Les agents d'acquisition sont responsables de l'acquisition d'objets SCP, tandis que les agents d'assistance fournissent un soutien administratif et logistique.

Le personnel de la Fondation SCP est soumis à des

normes strictes de sécurité et de formation pour garantir leur efficacité et leur sécurité. Tous les agents de terrain doivent suivre des formations régulières sur les protocoles de confinement, les procédures d'urgence et les dernières technologies de la Fondation. Ils doivent également être capables de travailler en collaboration avec d'autres membres du personnel, y compris les chercheurs, les ingénieurs et les agents de sécurité.

En raison de la nature de leur travail, les agents de terrain sont souvent confrontés à des situations dangereuses et imprévues. Ils doivent être prêts à agir rapidement et avec précision pour protéger les objets SCP, les membres du personnel et le public en général. Les agents de terrain doivent également être prêts à prendre des décisions difficiles et à faire face à des conséquences potentiellement graves de leurs actions.

## Personnel de sécurité

La sécurité est une préoccupation constante pour la Fondation SCP, et cela se reflète dans son personnel de sécurité. Les agents de sécurité de la Fondation sont responsables de la protection des sites de confinement et des installations de recherche, ainsi que de la sécurité des membres du personnel et du public en général. Ils sont également chargés de maintenir la discipline et l'ordre au sein de la Fondation.

Les agents de sécurité de la Fondation SCP sont recrutés dans les forces de police, les forces armées et les services de sécurité. Ils doivent passer un examen de sécurité rigoureux avant d'être admis et doivent suivre une formation spécialisée en matière de sécurité et de protocoles d'urgence. Les agents de sécurité de la Fondation SCP sont également soumis à une formation continue pour se tenir au courant des dernières techniques de sécurité et des protocoles de confinement.

Les agents de sécurité de la Fondation SCP sont organisés en différentes unités, chacune ayant des fonctions spécifiques. Par exemple, l'unité de sécurité du site est chargée de la sécurité générale du site, y compris la surveillance des entrées et des sorties, la protection des membres du personnel et la prévention des intrusions. Les unités de sécurité de la Fondation SCP peuvent également être spécialisées dans la défense contre les menaces externes, telles que les attaques terroristes ou les invasions extraterrestres.

En plus des agents de sécurité, la Fondation SCP dispose également de gardes de sécurité de classe D. Les gardes de sécurité de classe D sont des individus condamnés à des peines de prison à perpétuité et qui ont accepté de travailler pour la Fondation en échange d'une réduction de peine. Ils sont utilisés pour des tâches dangereuses et sont considérés comme des « consommables », c'est-à-dire qu'ils peuvent être sacrifiés si nécessaire.

La sécurité est une préoccupation majeure pour la Fondation SCP, car la moindre erreur peut avoir des conséquences catastrophiques. Les agents de sécurité de la Fondation SCP sont formés pour réagir rapidement et efficacement aux situations d'urgence, qu'il s'agisse d'une évasion d'un objet SCP ou d'une attaque d'un groupe d'intérêt hostile.

## Classe D

Dans l'univers de la Fondation SCP, la Classe D désigne des individus recrutés pour effectuer des tâches dangereuses ou controversées, telles que la manipulation d'objets SCP, la réalisation d'expériences risquées ou l'exposition à des phénomènes anormaux. Ces individus sont souvent issus de prisons, d'asiles ou de milieux défavorisés, et sont considérés comme «expendables» ou «jetables» par la Fondation SCP.

Le recrutement de la Classe D est hautement réglementé et supervisé, avec des protocoles stricts en matière de sécurité et de formation. Les individus sont soumis à des examens médicaux, psychologiques et physiques rigoureux avant d'être assignés à une mission spécifique. Ils reçoivent également une formation de base en matière de sécurité et de confinement des objets SCP.

Malgré cela, la vie de la Classe D est souvent brève et difficile. Les individus sont souvent confrontés à des dangers mortels, à des expériences traumatisantes ou à des conditions de vie extrêmement précaires. Ils sont également soumis à des protocoles stricts en matière de confinement, de surveillance et de contrôle, qui limitent leur liberté et leur autonomie.

La question de l'éthique et de la moralité du recrutement de la Classe D est un sujet de débat au sein de la communauté

SCP. Certains membres soutiennent que l'utilisation de personnes vulnérables et marginalisées pour des tâches dangereuses est injuste et inhumaine, tandis que d'autres font valoir que c'est une nécessité pour protéger l'humanité contre les menaces anormales.

En fin de compte, la question de la Classe D soulève des questions importantes sur la nature de la sécurité et de la protection dans l'univers de la Fondation SCP. Alors que la Fondation SCP cherche à préserver l'humanité contre les menaces anormales, elle doit également faire face à des questions éthiques complexes et à des dilemmes moraux difficiles.

## Sécurité et formation

Dans la Fondation SCP, la sécurité est une priorité absolue. Le personnel est formé pour assurer la sécurité de la Fondation, des objets SCP et de la population mondiale. La formation commence dès l'entrée du personnel dans la Fondation SCP, quelle que soit sa fonction.

Les agents de terrain, qui sont chargés de récupérer et de contenir les objets SCP, sont formés à l'utilisation d'armes et de techniques de combat. Ils doivent également suivre des cours sur la psychologie de l'anormal et l'observation des comportements suspects. De plus, ils sont soumis à des simulations d'urgence pour les préparer à réagir efficacement en cas de situation critique.

Le personnel de sécurité est formé à la gestion des foules,

à la surveillance et à la protection des sites de la Fondation SCP. Ils suivent également des formations sur la prévention et la gestion des incidents de sécurité.

Le personnel de recherche et les directeurs de sites sont formés à la sécurité des installations et des objets SCP. Ils suivent des cours sur les protocoles de confinement et d'urgence, ainsi que sur les procédures de sécurité pour les objets SCP de différentes classes.

Le Conseil 05, qui est responsable de la direction stratégique de la Fondation SCP, est formé à la gestion de crise et à la sécurité nationale. Ils sont formés à la prise de décision rapide et efficace en cas d'urgence.

La formation continue est également une partie intégrante de la culture de la Fondation SCP. Le personnel est régulièrement formé aux dernières techniques de sécurité et aux nouveaux protocoles de confinement. De plus, les membres de la Fondation SCP sont encouragés à partager leurs connaissances et leur expérience pour améliorer la sécurité globale de la Fondation.

Enfin, la Fondation SCP a mis en place des protocoles de sécurité stricts pour garantir que les informations sensibles restent confidentielles. Le personnel est soumis à des vérifications de sécurité rigoureuses avant d'être autorisé à accéder aux informations classifiées.

# Récits et témoignages de membres du personnel

La Fondation SCP est une organisation secrète, qui travaille sans relâche pour protéger l'humanité des dangers surnaturels et paranormaux. Mais qui sont les membres de cette organisation ? Comment vivent-ils leur quotidien ? Quelles sont leurs motivations et leurs aspirations ? Dans cette section, nous allons explorer les récits et témoignages de membres du personnel de la Fondation SCP.

Tout d'abord, il est important de souligner que le travail de la Fondation SCP est hautement confidentiel et que le personnel est tenu au secret absolu sur les activités de l'organisation. Cependant, certains membres du personnel ont choisi de partager leurs expériences pour mieux comprendre l'impact de leur travail sur eux-mêmes et sur le monde.

Les chercheurs sont souvent les membres les plus impliqués dans les missions de la Fondation SCP. Leurs témoignages sont essentiels pour comprendre comment ils gèrent les objets SCP, comment ils travaillent avec le personnel de sécurité et comment ils sont impliqués dans la prise de décisions de l'organisation. Ils sont également les témoins directs des dangers que les objets SCP peuvent causer et des mesures prises pour les contenir.

Les agents de terrain sont une autre catégorie importante de membres du personnel de la Fondation SCP. Leur travail consiste à enquêter sur les objets SCP, à récupérer ceux qui sont considérés comme dangereux, et à sécuriser les lieux où ils se trouvent. Les agents de terrain ont souvent des témoignages particulièrement émouvants, car ils sont les plus exposés aux dangers des objets SCP. Ils risquent leur vie pour protéger l'humanité et leurs témoignages permettent de mieux comprendre les sacrifices qu'ils font pour cette cause.

Le personnel de sécurité est également un élément clé de la Fondation SCP. Leur travail consiste à protéger les sites de la Fondation SCP, à surveiller les objets SCP et à maintenir l'ordre en cas d'incident. Les témoignages de ces membres du personnel sont intéressants pour comprendre leur rôle dans l'organisation, mais aussi pour découvrir comment ils gèrent la pression et le stress dans des situations critiques.

Enfin, les membres de la classe D ont également leur place dans cette section. Bien que considérés comme des prisonniers condamnés à mort, ils sont souvent utilisés pour les expériences scientifiques de la Fondation SCP. Les témoignages de ces membres du personnel sont souvent troublants et soulèvent des questions éthiques sur le traitement de ces personnes.

# Les sites et installations de la Fondation SCP

## Répartition géographique

La Fondation SCP est une organisation secrète qui opère dans le monde entier pour contenir des objets, des phénomènes et des entités dangereux et/ou surnaturels. La répartition géographique des sites et installations de la Fondation SCP est un aspect important de son fonctionnement et de sa capacité à répondre efficacement aux menaces.

La Fondation SCP possède des sites de confinement, de recherche et administratifs dans le monde entier, avec des implantations dans des endroits reculés et des zones urbaines densément peuplées. Cela permet à la Fondation SCP de surveiller et de contenir efficacement les objets SCP où qu'ils se trouvent dans le monde.

Les sites de confinement sont les installations les plus importantes de la Fondation SCP, car ils sont responsables de la sécurité et du confinement des objets SCP dangereux. Ces sites sont répartis dans différentes zones géographiques pour s'assurer que les objets SCP ne sont jamais trop éloignés d'un site de confinement. Les sites de confinement de la Fondation SCP sont généralement situés dans des endroits isolés tels que des îles éloignées, des déserts, des montagnes, des forêts épaisses ou des régions polaires.

Les sites de recherche de la Fondation SCP sont des centres de recherche et développement où les chercheurs de la Fondation SCP travaillent sur l'étude et l'analyse des objets SCP. Ces sites sont répartis dans le monde entier pour permettre une collaboration et un partage d'informations efficaces entre les chercheurs de la Fondation SCP.

Les sites administratifs de la Fondation SCP sont responsables de la gestion des ressources et du personnel de la Fondation SCP. Ils sont situés dans des endroits stratégiques pour assurer une coordination et une communication efficaces entre les différents sites et branches de la Fondation SCP.

La Fondation SCP dispose également de sites spécifiques pour ses Groupes d'Intervention Mobiles (MTF). Ces groupes sont déployés pour récupérer, neutraliser ou contenir des objets SCP dangereux ou en fuite. Les sites MTF sont répartis dans différents endroits stratégiques pour permettre une réponse rapide et efficace aux incidents SCP.

Enfin, la répartition géographique de la Fondation SCP inclut également des sites et des installations spécifiques pour les procédures d'urgence, telles que les protocoles de confinement et les opérations de récupération. Ces sites sont situés dans des endroits stratégiques pour permettre une réponse rapide et efficace aux incidents SCP.

## Sites de confinement

Les sites de confinement sont l'un des aspects les plus cruciaux de la Fondation SCP. Ils sont conçus pour héberger, protéger et isoler les objets SCP de l'humanité et ainsi éviter toute catastrophe potentielle. Les sites de confinement de la Fondation SCP sont dispersés à travers le monde, souvent situés dans des zones isolées et cachées pour empêcher l'accès du grand public et des Groupes d'Intérêt hostiles.

Chaque site de confinement est construit selon des normes de sécurité très élevées et des protocoles spécifiques pour assurer la sécurité des objets SCP qu'il contient. Les sites de confinement varient en taille et en fonction, certains étant destinés à abriter un seul objet SCP tandis que d'autres sont conçus pour en héberger plusieurs.

Les sites de confinement de la Fondation SCP sont classés en fonction de leur niveau de sécurité, de leur taille et de leur objectif. Les sites de confinement de classe Euclide, par exemple, contiennent des objets SCP considérés comme potentiellement dangereux et instables, tandis que les sites de confinement de classe Sûr contiennent des objets SCP qui ne présentent pas de menace immédiate pour l'humanité.

Les protocoles de sécurité dans les sites de confinement sont très stricts et incluent des niveaux de sécurité supplémentaires tels que les codes d'accès, les caméras de surveillance, les gardes de sécurité et les portes blindées. Les agents de la Fondation SCP qui travaillent dans les sites de confinement sont hautement qualifiés et formés pour répondre à toute urgence et danger potentiel.

Les sites de confinement de la Fondation SCP sont également équipés d'un système d'alarme sophistiqué pour alerter les agents en cas de brèche ou de violation de sécurité. En cas d'urgence, les protocoles de confinement spéciaux sont activés pour isoler l'objet SCP concerné et minimiser les dégâts potentiels.

Il est important de noter que les sites de confinement ne sont pas simplement des prisons pour les objets SCP. Ils servent également de sites de recherche pour étudier les objets SCP et comprendre leur nature et leurs pouvoirs. Les chercheurs et scientifiques de la Fondation SCP travaillent dans ces sites pour découvrir des moyens de contenir et de neutraliser les objets SCP.

## Sites de recherche

Les sites de recherche de la Fondation SCP sont des endroits cruciaux pour étudier les objets SCP, comprendre leur fonctionnement et trouver des moyens de les contenir en toute sécurité. Les sites de recherche sont souvent équipés de technologies de pointe pour effectuer des analyses et des tests de haute précision.

Ces sites de recherche sont divisés en deux types : les sites de recherche principaux et les sites de recherche satellites. Les sites de recherche principaux sont les plus grands et les plus importants et ils sont responsables des recherches les plus critiques et sensibles. Ils sont souvent situés dans des zones reculées et difficiles d'accès pour garantir la sécurité des membres du personnel et du public. Les sites de recherche satellites, quant à eux, sont plus petits et ont des fonctions plus spécifiques et peuvent être situés dans des zones urbaines ou rurales.

Les recherches menées dans ces sites ont souvent pour but de découvrir de nouvelles informations sur les objets SCP, de développer de nouvelles méthodes de confinement et de trouver des moyens de neutraliser les objets SCP potentiellement dangereux. Les chercheurs de la Fondation SCP travaillent souvent en étroite collaboration avec d'autres sites et branches de la Fondation SCP pour partager des informations et coordonner des efforts de recherche.

Les sites de recherche de la Fondation SCP sont également équipés de salles de confinement pour les objets SCP qui nécessitent des mesures de sécurité spéciales. Ces salles sont conçues pour limiter les interactions entre les objets SCP et les membres du personnel et sont équipées de technologies de pointe pour surveiller les objets SCP et empêcher leur évasion.

Les protocoles de sécurité et les mesures d'urgence sont des éléments clés des sites de recherche de la Fondation SCP. Les membres du personnel de la Fondation SCP sont formés à l'utilisation de ces protocoles pour garantir leur sécurité en cas d'urgence, telle qu'une évasion d'objet SCP ou une brèche de confinement.

## Sites administratifs

Dans la Fondation SCP, les sites administratifs sont des installations où se trouvent les bureaux et les centres de commande de la Fondation. Ces sites sont chargés de superviser les opérations de la Fondation SCP, ainsi que de coordonner la recherche et les activités de confinement dans les différents sites.

Les sites administratifs sont conçus pour être les centres névralgiques de la Fondation, et sont souvent situés dans des zones urbaines ou suburbaines. Ils sont généralement situés à distance des sites de confinement et de recherche pour des raisons de sécurité, mais sont équipés de moyens de communication sophistiqués pour rester en contact permanent avec les autres sites.

Les sites administratifs sont divisés en plusieurs départements, chacun ayant des responsabilités spécifiques dans la gestion des opérations de la Fondation SCP. Les départements incluent notamment :

Le Département des Opérations : chargé de superviser les opérations de terrain et les activités de confinement dans les sites de la Fondation.

Le Département de la Sécurité : responsable de la sécurité des sites de la Fondation et du personnel.

Le Département de la Recherche : chargé de la recherche sur les objets SCP et de l'élaboration de protocoles de confinement.

Le Département des Ressources Humaines : chargé de la gestion des ressources humaines de la Fondation, y compris la formation, la rémunération et la gestion des carrières.

Le Département des Technologies : responsable de la recherche et du développement de nouvelles technologies pour la Fondation SCP.

Chaque site administratif est dirigé par un Directeur de Site, qui est responsable de la gestion de toutes les activités de la Fondation SCP dans sa juridiction. Les Directeurs de Site sont en contact permanent avec les autres sites de la Fondation SCP et rendent compte directement au Conseil O5.

En raison de la nature secrète et hautement classifiée des opérations de la Fondation SCP, l'accès aux sites administratifs est strictement limité aux membres du personnel autorisés. Des mesures de sécurité rigoureuses sont en place pour protéger les informations classifiées et les opérations en cours, y compris des contrôles d'identité, des badges d'accès, des caméras de surveillance et des équipes de sécurité.

## Sécurité et protocoles d'urgence

La sécurité et les protocoles d'urgence sont une préoccupation majeure pour la Fondation SCP. Étant donné que l'organisation traite avec des objets potentiellement dangereux et imprévisibles, la sécurité est primordiale pour garantir la protection du personnel, du public et des SCP eux-mêmes.

La Fondation SCP utilise des protocoles de sécurité et d'urgence rigoureux pour garantir que les SCP sont confinés en toute sécurité et que les risques sont minimisés. Des protocoles de confinement standard sont mis en place pour chaque classe d'objets SCP, mais des protocoles spécifiques sont également élaborés pour les SCP individuels qui présentent des risques particuliers.

Les protocoles de sécurité sont régulièrement mis à jour pour tenir compte de nouveaux risques et de nouvelles menaces, ainsi que pour s'adapter aux développements technologiques et scientifiques. La Fondation SCP utilise également des procédures d'urgence pour faire face aux incidents imprévus et aux crises. Ces procédures d'urgence sont élaborées pour minimiser les pertes en vies humaines et les dommages causés aux installations de la Fondation.

La Fondation SCP utilise également des groupes d'intervention mobiles (MTF) pour intervenir dans des situations d'urgence ou pour récupérer des SCP dangereux. Les MTF sont composés de membres spécialement formés et équipés pour traiter avec des SCP dangereux et sont disponibles pour des missions spécifiques dans le monde entier.

La sécurité est également renforcée par le personnel de la Fondation SCP, qui suit une formation rigoureuse pour s'assurer qu'il est capable de faire face à des situations imprévues. Des procédures de sécurité sont en place pour s'assurer que le personnel suit les protocoles de confinement et les procédures d'urgence correctement, et que le risque d'erreur humaine est minimisé.

La Fondation SCP prend également des mesures pour s'assurer que les SCP sont confinés dans des installations sécurisées et bien équipées. Les sites de confinement sont régulièrement inspectés pour garantir leur sécurité et leur efficacité, et sont équipés d'une gamme de mesures de sécurité, telles que des systèmes de verrouillage, des caméras de surveillance et des mesures de protection contre les incendies.

Enfin, la Fondation SCP est également préoccupée par la sécurité des personnes extérieures à l'organisation. Des mesures de sécurité sont en place pour garantir que les SCP ne présentent pas de danger pour le public, et des protocoles sont en place pour traiter les incidents impliquant des personnes extérieures à l'organisation.

# Les Groupes d'Intérêt (GI)

## Introduction aux Groupes d'Intérêt

La Fondation SCP n'est pas la seule organisation qui s'intéresse aux objets anormaux. En effet, il existe plusieurs groupes d'intérêt qui opèrent dans l'univers de la Fondation SCP, chacun ayant ses propres motivations et agendas.

Ces groupes peuvent être classés en trois catégories : alliés, neutres et hostiles. Les groupes d'intérêt alliés travaillent en collaboration avec la Fondation SCP pour atteindre des objectifs communs, tels que la protection de l'humanité contre les menaces anormales. Les groupes d'intérêt neutres n'ont pas de position claire vis-à-vis de la Fondation SCP et peuvent être en désaccord avec ses méthodes ou ses objectifs. Enfin, les groupes d'intérêt hostiles cherchent activement à nuire à la Fondation SCP et à ses opérations.

L'un des groupes d'intérêt alliés les plus importants est la Coalition Mondiale Occulte (CMO), une organisation internationale composée de diverses agences gouvernementales et paramilitaires. La CMO et la Fondation SCP travaillent ensemble pour neutraliser les menaces anormales et protéger l'humanité.

L'Insurrection du Chaos (IC) est un groupe d'intérêt hostile qui cherche à renverser le statu quo et à faire tomber les gouvernements et les organisations existantes, y compris la Fondation SCP. L'IC est connue pour ses méthodes violentes et radicales, et elle est considérée comme une menace majeure pour la sécurité mondiale.

Are We Cool Yet? (AWCY?) est un groupe d'intérêt neutre composé d'artistes et de créatifs qui utilisent des objets anormaux pour créer des œuvres d'art. Bien que la Fondation SCP ait des préoccupations quant à leur utilisation irresponsable des objets anormaux, AWCY? n'est pas considéré comme une menace directe pour la sécurité mondiale.

L'Église du Dieu Brisé est un groupe d'intérêt hostile qui vénère les objets anormaux et cherche à les utiliser pour renverser l'ordre établi. La Fondation SCP considère l'Église comme une menace pour la sécurité mondiale en raison de ses méthodes violentes et de son désir de chaos et de destruction.

Il existe également d'autres groupes d'intérêt notables, tels que Marshall, Carter, et Dark Ltd., un groupe d'intérêt neutre qui opère dans les milieux sociaux élitistes, et les Hommes en Noir, un groupe d'intérêt allié qui travaille pour les gouvernements du monde entier.

En conclusion, les groupes d'intérêt sont un élément important de l'univers de la Fondation SCP. Bien qu'ils puissent varier considérablement dans leurs motivations et leurs méthodes, leur interaction avec la Fondation SCP est essentielle pour comprendre la complexité de l'univers SCP.

## Groupes d'Intérêt alliés, neutres et hostiles

Les Groupes d'Intérêt (GI) jouent un rôle important dans l'univers de la Fondation SCP. En effet, ils représentent une multitude d'entités aux objectifs différents qui peuvent collaborer, s'opposer ou rester neutres vis-à-vis de la Fondation SCP.

Tout d'abord, il y a les Groupes d'Intérêt alliés qui travaillent généralement avec la Fondation SCP dans un but commun. Le plus connu est la Global Occult Coalition (GOC), une organisation internationale qui vise à éliminer les objets anormaux dangereux. La Fondation SCP collabore parfois avec eux sur des cas spécifiques, malgré leurs divergences d'approche et de méthode. D'autres groupes alliés incluent les Serpents de la Main, une organisation internationale qui collecte et protège les objets anormaux, ainsi que la Fondation Prometheus, une organisation plus petite qui se concentre sur la recherche et la compréhension des objets anormaux.

Il existe également des Groupes d'Intérêt neutres qui n'ont pas de relation particulière avec la Fondation SCP, mais qui peuvent être impliqués dans des événements qui affectent le monde de l'anormal. L'un des exemples les plus notables est l'Association des Insurgés Anormaux (AIA), un groupe qui se concentre sur la libération des objets anormaux détenus par la Fondation SCP. Bien que leur but ne soit pas nécessairement hostile à la Fondation SCP, leurs actions peuvent parfois causer des problèmes.

Enfin, il y a les Groupes d'Intérêt hostiles qui travaillent contre la Fondation SCP. L'Insurrection du Chaos (IC) est l'un des exemples les plus connus de ce type de groupe. Leur but est de perturber et de déstabiliser la Fondation SCP en libérant des objets anormaux et en sabotant leurs opérations. Un autre exemple est l'Église du Dieu Brisé, un culte religieux qui vénère les objets anormaux et cherche à les libérer de la Fondation SCP. Ces groupes hostiles peuvent constituer une menace sérieuse pour la Fondation SCP et nécessitent souvent une réponse rapide et efficace.

## La Coalition Mondiale Occulte (CMO)

La Coalition Mondiale Occulte (CMO) est l'un des groupes d'intérêt les plus importants de l'univers de la Fondation SCP. Comme son nom l'indique, la CMO est une organisation occulte qui s'oppose à la Fondation SCP et à tout ce qu'elle représente. La CMO est connue pour être agressive et violente, et est considérée comme l'un des ennemis les plus dangereux de la Fondation.

La CMO est un groupe relativement récent dans l'univers de la Fondation SCP, mais il a rapidement gagné en importance. Le groupe est apparu pour la première fois dans un rapport de la Fondation SCP en 1948, mais il a fallu attendre les années 1990 pour que la CMO devienne un véritable adversaire pour la Fondation.

Les membres de la CMO sont des individus qui croient en l'existence d'un monde occulte et qui sont convaincus que la Fondation SCP et d'autres organisations similaires doivent être détruites pour permettre l'émergence de ce monde. Les membres de la CMO sont souvent des criminels, des cultistes ou des individus dangereux, et ils sont prêts à utiliser tous les moyens nécessaires pour atteindre leurs objectifs.

La CMO a été responsable de nombreuses attaques contre la Fondation SCP, notamment des vols d'objets SCP, des tentatives de sabotage et même des attaques terroristes. La CMO est également connue pour ses relations tendues avec d'autres groupes d'intérêt, en particulier l'Insurrection du Chaos.

La CMO a également été impliquée dans des incidents majeurs de l'histoire de la Fondation SCP. L'un des exemples les plus notables est l'incident SCP-1322, qui a eu lieu en 2009. Dans cet incident, la CMO a infiltré le site de la Fondation SCP qui contenait l'objet SCP-1322, une ville entière qui avait été capturée par une entité inconnue. La CMO a tenté de s'emparer de l'objet, mais a été finalement repoussée par la Fondation.

Malgré sa nature violente et dangereuse, la CMO est également connue pour sa capacité à récupérer des objets SCP que la Fondation a jugé impossibles à récupérer. La CMO a également été impliquée dans des opérations de récupération de sa propre initiative, souvent en concurrence directe avec la Fondation.

## L'Insurrection du Chaos (IC)

L'Insurrection du Chaos, également connue sous le nom de l'IC, est l'un des Groupes d'Intérêt les plus hostiles et les plus dangereux de l'univers SCP. L'IC est une organisation anarchiste qui vise à renverser la Fondation SCP et à libérer tous les objets SCP pour provoquer un chaos total. Les membres de l'IC sont principalement composés de criminels, de terroristes et d'autres individus qui cherchent à exploiter le pouvoir des objets SCP à des fins personnelles.

Le groupe a commencé comme une organisation de contrebande spécialisée dans la vente d'objets SCP illégalement, mais a rapidement évolué en une organisation plus large avec des objectifs plus sinistres. L'IC utilise souvent des tactiques violentes pour atteindre ses objectifs, allant de l'assassinat de membres de la Fondation SCP à des attaques terroristes contre des installations de la Fondation. Les membres de l'IC sont extrêmement bien organisés et utilisent des communications cryptées pour éviter la détection.

Les méthodes de l'IC ont conduit à de nombreux incidents majeurs impliquant des objets SCP. L'un des plus célèbres est l'incident de la « Porte des Neuf » où l'IC a libéré plusieurs objets SCP puissants, causant une crise mondiale. La Fondation SCP a réussi à contenir la menace, mais pas avant que des milliers de vies soient perdues.

La Fondation SCP considère l'IC comme l'une des plus grandes menaces pour la sécurité mondiale et fait tout son possible pour les arrêter. La Fondation a infiltré l'IC à plusieurs reprises, mais les membres de l'IC sont très méfiants et difficiles à surveiller. La Fondation a également lancé plusieurs opérations contre l'IC pour les empêcher de causer davantage de dommages.

Malgré les actions violentes de l'IC, certains membres de la communauté SCP considèrent que leur cause est juste. Selon eux, la Fondation SCP abuse de son pouvoir et de ses ressources pour contenir les objets SCP, qui pourraient être utilisés pour le bien de l'humanité. Cependant, la plupart des membres de la communauté SCP s'accordent à dire que les méthodes de l'IC sont inacceptables et que la Fondation SCP est nécessaire pour protéger le monde des dangers potentiels des objets SCP.

## Are We Cool Yet? (AWCY?)

Are We Cool Yet? (AWCY?) est l'un des groupes d'intérêt les plus mystérieux de l'univers de la Fondation SCP. Ils sont souvent considérés comme un groupe d'artistes extrêmes, mais leur véritable but est encore flou et ambigu.

AWCY? a été initialement créé comme un collectif d'artistes contemporains qui voulaient aller au-delà des limites traditionnelles de l'art. Ils ont commencé par des performances provocatrices et des installations, souvent accompagnées d'un message social ou politique fort. Cependant, au fil du temps, leur art est devenu de plus en plus extrême et imprévisible, allant jusqu'à mettre en danger des vies humaines.

La Fondation SCP considère AWCY? comme un groupe

d'intérêt hostile, car ils ont été impliqués dans plusieurs incidents impliquant des objets SCP. AWCY? a été connu pour voler des objets SCP et les utiliser dans leurs performances artistiques, ce qui peut être extrêmement dangereux pour eux-mêmes et pour les personnes autour d'eux.

Il est intéressant de noter que AWCY? a également été impliqué dans des collaborations avec d'autres groupes d'intérêt, comme l'Insurrection du Chaos. Cependant, la nature exacte de ces collaborations est inconnue.

Le mystère entourant AWCY? a contribué à sa popularité dans la communauté SCP, et leur influence est souvent visible dans les récits et les œuvres dérivées de la Fondation SCP.

Malgré leur affiliation avec la Fondation SCP en tant que groupe d'intérêt hostile, certains membres de AWCY? ont également été recrutés en tant que chercheurs et agents de terrain. Cela montre que leur connaissance des objets SCP et leur capacité à interagir avec eux peuvent être utiles pour la Fondation SCP.

En fin de compte, AWCY? reste l'un des groupes d'intérêt les plus énigmatiques de l'univers de la Fondation SCP, avec des intentions et des objectifs encore inconnus. Leur influence continue de se faire sentir dans les récits et les œuvres dérivées de la Fondation SCP, et leur rôle dans l'univers SCP reste un sujet de discussion et de spéculations pour la communauté SCP.

# L'Église du Dieu Brisé

L'Église du Dieu Brisé est un groupe d'intérêt dans l'univers étendu de la Fondation SCP. Cette organisation religieuse est basée sur la croyance en un être suprême qui a créé l'univers et qui est responsable de la condition humaine. Leur doctrine implique que l'univers a été brisé et que les êtres humains sont les pièces manquantes de ce puzzle divin.

L'Église du Dieu Brisé est considérée comme un groupe d'intérêt hostile par la Fondation SCP en raison de leurs activités criminelles et de leur quête de pouvoir. Les membres de cette organisation sont prêts à tout pour atteindre leur objectif, y compris le meurtre, le vol, le sabotage et la manipulation. Leur objectif principal est de réunir toutes les pièces manquantes de l'univers, ce qui inclut les SCP, afin de reconstituer l'univers brisé.

Leurs méthodes sont souvent extrêmes et peuvent causer des dommages considérables. Ils ont été impliqués dans plusieurs incidents avec la Fondation SCP, notamment dans la récupération et l'utilisation de SCP pour leurs propres fins.

L'Église du Dieu Brisé est dirigée par des individus charismatiques et dangereux connus sous le nom de «prophètes». Ces prophètes ont une influence considérable sur les membres de l'Église et sont craints par les membres qui ne respectent pas les règles.

Leur base d'opérations est inconnue, mais il est supposé qu'ils ont des cellules à travers le monde. La Fondation SCP considère l'Église du Dieu Brisé comme une menace sérieuse pour la sécurité mondiale en raison de leur capacité à manipuler les SCP et leur détermination à atteindre leur objectif.

## Autres groupes d'intérêt notable

La Fondation SCP est un univers étendu qui regorge de personnages et d'organisations complexes. Parmi ces dernières, on peut citer plusieurs groupes d'intérêt notables qui ont un rôle important dans l'univers de la Fondation.

La Fondation Horizon : un groupe d'intérêt qui se concentre sur la recherche et la compréhension des SCP. Ils sont souvent considérés comme des concurrents de la Fondation SCP, mais ils ont également collaboré avec eux sur certaines opérations.

Le Collectif Muet : un groupe mystérieux qui a des liens avec plusieurs SCP. Leurs motivations et leurs objectifs sont inconnus, mais ils semblent avoir une certaine influence sur le monde de la Fondation SCP.

Le Groupe d'Intérêt des Êtres de Lumière : un groupe religieux qui croit que les SCP sont des êtres divins envoyés pour aider l'humanité. Ils cherchent souvent à obtenir des SCP pour les utiliser dans leurs pratiques religieuses.

Le Chaos Insurgency : un groupe dissident de la Fondation SCP qui a des objectifs similaires à ceux de l'Insurrection du Chaos. Cependant, contrairement à l'IC, ils ont réussi à prendre le contrôle de plusieurs SCP et sont souvent considérés comme une menace sérieuse pour la Fondation SCP.

La Fondation Anderson Robotics : un groupe spécialisé dans la création et la fabrication de robots avancés. Ils ont travaillé avec la Fondation SCP sur plusieurs projets, mais ils ont également été impliqués dans des incidents impliquant des SCP dangereux.

Ces groupes d'intérêt, ainsi que d'autres qui pourraient exister, ajoutent une couche supplémentaire de complexité à l'univers de la Fondation SCP. Ils montrent que la Fondation SCP ne lutte pas seulement contre les SCP, mais qu'elle doit également faire face à des organisations qui ont des objectifs et des motivations différents.

## Relations entre la Fondation SCP et les Groupes d'Intérêt

La Fondation SCP entretient des relations complexes avec de nombreux Groupes d'Intérêt (GI) du monde entier, allant des alliés aux hostiles. Chacun de ces groupes a ses propres motivations, objectifs et méthodes d'opération, et la Fondation SCP doit souvent naviguer avec précaution pour maintenir une position neutre et protéger ses intérêts.

Les relations de la Fondation SCP avec les Groupes d'Intérêt alliés sont basées sur une coopération mutuelle dans la recherche, la surveillance et la neutralisation d'objets SCP dangereux. Parmi les groupes alliés les plus importants figurent la Global Occult Coalition (GOC), l'Organisation du

Traité d'Anormalité (OTA), et la Fondation SCP japonaise. La Fondation SCP collabore souvent avec ces groupes pour atteindre des objectifs communs tels que la collecte de renseignements et la capture de SCP dangereux.

Cependant, les relations entre la Fondation SCP et les Groupes d'Intérêt hostiles sont souvent tendues et conflictuelles. L'Insurrection du Chaos (IC) est l'un des groupes hostiles les plus connus, cherchant à renverser le régime de la Fondation SCP et à libérer tous les SCP sous confinement. La Fondation SCP a également eu des conflits avec Are We Cool Yet? (AWCY?), un groupe d'artistes qui créent des œuvres d'art anormales et qui voient la Fondation SCP comme une menace pour leur créativité.

En outre, la Fondation SCP entretient des relations avec des Groupes d'Intérêt neutres qui ne sont ni alliés ni hostiles. Le plus important de ces groupes est la Coalition Mondiale Occulte (CMO), qui considère la Fondation SCP comme une organisation concurrente plutôt que comme une menace directe. D'autres groupes neutres incluent les Serpents de la Lumière, qui cherchent à protéger les SCP et les anormaux contre les groupes hostiles, et la Société Hermétique, qui cherche à protéger les connaissances occultes et les secrets alchimiques.

Malgré les différences idéologiques entre ces groupes, certains événements ont conduit à des alliances temporaires et à des collaborations entre la Fondation SCP et certains de ses ennemis passés. Par exemple, la Fondation SCP a travaillé avec l'Insurrection du Chaos pour contenir une menace commune, et la Coalition Mondiale Occulte a collaboré avec la Fondation SCP lors d'une opération de récupération de SCP particulièrement difficile.

# Classification des objets SCP

## Classe SCP Sûrs

La Fondation SCP classe les objets qui représentent un risque nul ou faible de danger sous la classe SCP-Sûrs. Ces objets sont généralement inoffensifs, ou leur danger peut être facilement maîtrisé, compris ou prévu. Bien que leur classification soit considérée comme la plus basse, elle ne signifie pas pour autant que ces objets SCP sont sans valeur ou inintéressants. Au contraire, ils peuvent avoir des propriétés remarquables et des caractéristiques uniques qui méritent d'être étudiées et documentées.

Les objets de la classe SCP-Sûrs sont souvent des objets du quotidien qui ont des propriétés inhabituelles. Par exemple, SCP-458, également connu sous le nom de «Pizza Box qui est toujours pleine», est une boîte à pizza qui contient toujours une pizza chaude et fraîche, quelle que soit la quantité de pizza prélevée. SCP-999, surnommé «le blob orange heureux», est une masse gélatineuse qui peut communiquer avec les humains et leur procurer une sensation de bonheur. Ces objets de la classe SCP-Sûrs peuvent sembler bénins, mais ils peuvent avoir des applications pratiques dans la vie quotidienne ou des implications scientifiques plus profondes.

Bien que les objets de la classe SCP-Sûrs soient considérés comme inoffensifs, ils peuvent néanmoins présenter des risques potentiels si leur propriété est mal utilisée ou mal interprétée. Par exemple, SCP-261, également appelé «distributeur de boissons étranges», est un distributeur automatique qui produit des boissons étranges lorsqu'une pièce de monnaie est insérée. Bien que la plupart des boissons produites soient inoffensives, certaines peuvent être dangereuses pour la santé ou avoir des effets secondaires indésirables.

## Classe SCP Euclide

La classe SCP Euclide est l'une des trois classes principales qui décrivent la dangerosité des objets contenus par la Fondation SCP. Les objets Euclide sont ceux dont le comportement est imprévisible, difficile à comprendre ou à contenir. Ils nécessitent donc des mesures de confinement strictes et une attention constante de la part du personnel de la Fondation.

Contrairement aux objets de la classe SCP Sûrs qui peuvent être contenus sans effort majeur et sans risque pour le personnel, les objets Euclide nécessitent une surveillance continue et peuvent présenter des risques pour le personnel et le monde extérieur. Les objets Euclide sont souvent des phénomènes naturels inhabituels ou des objets créés par l'homme qui ont des propriétés anormales et imprévisibles.

La Fondation SCP doit constamment surveiller les objets de la classe Euclide pour s'assurer qu'ils ne présentent pas de danger pour l'humanité. Si un objet Euclide présente des signes de comportement anormal ou imprévisible, la Fondation doit prendre des mesures pour le contenir, le neutraliser ou le détruire. Les protocoles de confinement pour les objets Euclide peuvent être extrêmement complexes et doivent être adaptés à chaque objet en fonction de ses caractéristiques uniques.

En raison de la nature imprévisible des objets Euclide, ils sont souvent considérés comme étant plus difficiles à gérer que les objets de la classe SCP Sûrs. Les objets Euclide peuvent également présenter un risque plus élevé pour le personnel de la Fondation, car leur comportement est souvent difficile à prévoir et peut causer des dommages physiques ou mentaux.

## Classe SCP Keter

La Classe SCP Keter est l'une des catégories les plus dangereuses et les plus imprévisibles de la Fondation SCP. Elle englobe les objets, entités ou phénomènes qui représentent une menace imminente pour l'humanité ou qui ont des capacités de destruction massives. Les objets de cette catégorie nécessitent des protocoles de confinement stricts et des mesures de sécurité extrêmes pour empêcher leur évasion ou leur utilisation malveillante.

Les objets de la Classe SCP Keter sont souvent imprévisibles et difficiles à comprendre, nécessitant des recherches approfondies et des efforts considérables pour maintenir leur confinement. De plus, leur puissance et leur dangerosité sont souvent corrélées à leur niveau de conscience et leur capacité à s'adapter aux environnements dans lesquels ils se trouvent. Par conséquent, leur confinement doit être constamment surveillé et réévalué pour garantir qu'ils ne s'échappent pas ou ne causent pas de dommages.

La Fondation SCP dispose d'un protocole spécifique pour les objets de la Classe Keter, qui comprend des procédures de confinement complexes et des mesures de sécurité renforcées. Les objets de cette catégorie sont généralement confinés dans des installations souterraines secrètes et équipées de technologies de pointe pour contrôler leur comportement. De plus, les objets de la Classe Keter peuvent nécessiter l'utilisation de multiples installations de confinement pour empêcher leur évasion ou leur utilisation malveillante.

Parmi les objets de la Classe SCP Keter les plus connus, on trouve SCP-682, un lézard indestructible et extrêmement hostile, ainsi que SCP-231, un groupe de sept femmes qui doivent être maintenues en captivité pour empêcher la fin du monde. SCP-096, surnommé «Le Timide», est également un exemple de SCP Keter, car il est extrêmement difficile à contenir en raison de sa capacité à traquer toute personne qui a vu son visage.

En fin de compte, la Classe SCP Keter représente l'un des défis les plus importants et les plus complexes de la Fondation SCP. Pour maintenir la sécurité et la survie de l'humanité, la Fondation doit continuer à rechercher et à développer des méthodes pour comprendre, contenir et protéger les objets de cette catégorie dangereuse.

## Classes spéciales et non-standard

Dans l'univers de la Fondation SCP, les objets sont classés en fonction de leur dangerosité et de la difficulté à les contenir.

Les classes de classification standard sont Sûr, Euclide et Keter. Cependant, il existe également des classes spéciales et non-standard, qui décrivent des situations qui ne rentrent pas dans les catégories habituelles.

La première classe spéciale est la classe Thaumiel. Cette classe désigne les objets qui sont utilisés pour contenir d'autres objets SCP ou qui sont considérés comme des alliés de la Fondation SCP. Les objets de classe Thaumiel sont extrêmement rares, mais ils sont d'une grande importance stratégique pour la Fondation. Les objets de cette classe sont souvent gardés secrets pour protéger leur utilisation.

La deuxième classe spéciale est la classe Neutralisé. Cette classe est attribuée aux objets SCP qui ont été complètement neutralisés et ne présentent plus de danger pour la Fondation SCP. Cela peut se produire pour diverses raisons, notamment parce que l'objet a été détruit, qu'il a été déclassifié, ou qu'il a été incorporé à un objet de classe Thaumiel. Les objets de classe Neutralisé sont souvent conservés pour des raisons historiques ou scientifiques.

Il existe également des classes non-standard, qui sont utilisées pour décrire des situations spécifiques. La classe Expliqué est utilisée pour les objets SCP qui ont été compris et expliqués de manière satisfaisante, tandis que la classe Archivé est utilisée pour les objets SCP qui ne sont plus considérés comme pertinents ou intéressants. La classe Hiérophante est utilisée pour les objets SCP qui sont considérés comme sacrés ou religieux.

Enfin, il existe des objets qui sont classés de manière

inhabituelle. Par exemple, l'objet SCP-001 est souvent considéré comme le plus important de la Fondation SCP, mais il n'a pas de classe de classification standard. Au lieu de cela, il est simplement appelé SCP-001, et est considéré comme un objet de classe Apollyon, ce qui signifie qu'il représente une menace imminente pour l'existence de la vie telle que nous la connaissons.

En résumé, les classes spéciales et non-standard de la Fondation SCP sont utilisées pour décrire des situations qui ne rentrent pas dans les catégories habituelles de classification. Elles peuvent être utilisées pour décrire des objets d'une importance stratégique particulière, des objets qui ont été neutralisés, ou des objets qui sont considérés comme sacrés ou religieux. Il est important de comprendre ces classes pour avoir une vision complète de l'univers étendu de la Fondation SCP.

## Exemples notables d'objets SCP

Dans l'univers de la Fondation SCP, il existe une grande variété d'objets SCP, allant des plus inoffensifs aux plus terrifiants et dangereux. Ces objets sont classés en fonction de leur dangerosité et de leur capacité à causer des dommages ou à menacer la sécurité de la Fondation.

Parmi les exemples notables d'objets SCP, on peut citer SCP-173, également connu sous le nom de «La Sculpture». Cet objet est une statue humanoïde qui peut se déplacer à des vitesses incroyables, mais qui ne peut pas bouger tant qu'elle est observée directement. Si le contact visuel est rompu, la statue attaque immédiatement sa cible, lui brisant le cou en quelques secondes.

SCP-087, également connu sous le nom d'»Escalier Infini», est un escalier sans fin qui s'enfonce dans les profondeurs de la terre. Les personnes qui s'aventurent dans les escaliers sont confrontées à des phénomènes paranormaux, comme des voix, des bruits étranges et des apparitions surnaturelles. Certaines personnes ont même été portées disparues après avoir exploré l'escalier.

SCP-096, ou «Le Timide», est un être humanoïde extrêmement dangereux qui attaque violemment toute personne qui voit son visage. Cet objet SCP est très difficile à contenir, car il est extrêmement rapide et peut traverser des obstacles physiques pour atteindre sa cible.

SCP-682, ou «Le Lézard Indestructible», est un reptile géant capable de régénérer rapidement de ses blessures et de s'adapter à toutes les formes de dommages physiques ou mentaux. Cet objet est considéré comme l'un des plus dangereux de la Fondation SCP, car il est pratiquement impossible à détruire.

SCP-914, ou «La Machine à Améliorer», est un appareil mystérieux qui peut transformer les objets en fonction de leur état et de leur niveau de dangerosité. Cet objet peut être utilisé pour améliorer les armes et les équipements de la Fondation SCP, mais il est également dangereux s'il est utilisé de manière incorrecte.

En plus de ces exemples notables, il existe des milliers d'autres objets SCP qui ont tous leur propre histoire et leur propre danger. Les objets SCP sont souvent découverts lors de missions de récupération ou d'investigation, et la Fondation SCP doit faire preuve de la plus grande prudence pour les contenir et les protéger. La classification des objets SCP en fonction de leur dangerosité permet à la Fondation de mieux comprendre et de mieux gérer les risques potentiels associés à ces objets.

## Procédures de confinement spéciales

Les procédures de confinement sont essentielles pour assurer la sécurité de la Fondation SCP. Les SCP sont des objets ou entités anormales qui présentent un danger potentiel pour l'humanité et leur confinement est donc primordial. Cependant, certains SCP nécessitent des procédures de confinement spéciales pour garantir leur confinement efficace et sécurisé.

Tout d'abord, les SCP de classe Keter sont les plus dangereux et nécessitent des procédures de confinement spéciales. Les SCP de classe Keter sont considérés comme étant incontrôlables et peuvent mettre en danger la vie humaine. Pour les confiner, la Fondation SCP utilise des installations de confinement spécialisées qui sont équipées de mesures de sécurité supplémentaires telles que des caméras de surveillance, des systèmes de sécurité sophistiqués et des agents de sécurité hautement entraînés. De plus, les SCP de classe Keter nécessitent un niveau de surveillance accru pour garantir qu'ils ne s'échappent pas.

Ensuite, les SCP qui ont la capacité de se répliquer ou de se propager rapidement nécessitent également des procédures de confinement spéciales. Ces SCP peuvent se propager rapidement et causer des dommages considérables. Pour les confiner, la Fondation SCP utilise des installations de confinement qui sont hermétiquement scellées pour empêcher toute propagation. De plus, la Fondation SCP utilise des protocoles de désinfection pour éviter la propagation de ces SCP.

Les SCP qui ont la capacité de se transformer ou de se métamorphoser peuvent également nécessiter des procédures de confinement spéciales. Ces SCP peuvent prendre l'apparence de n'importe quoi ou de n'importe qui et donc leur confinement peut être compliqué. Pour les confiner, la Fondation SCP utilise des installations de confinement équipées de mesures de sécurité spéciales pour empêcher la transformation et la métamorphose. De plus, la Fondation SCP utilise des procédures de vérification supplémentaires pour s'assurer que les SCP sont bien confinés.

Enfin, les SCP qui ont des effets psychologiques sur les individus nécessitent également des procédures de confinement spéciales. Ces SCP peuvent altérer la perception de la réalité et causer des dommages psychologiques graves. Pour les confiner, la Fondation SCP utilise des installations de confinement équipées de mesures de sécurité spéciales pour empêcher les effets psychologiques. De plus, la Fondation SCP utilise des protocoles de traitement psychologique pour aider les individus affectés par ces SCP.

# Les protocoles et opérations

## Les procédures de confinement

Les procédures de confinement sont un élément essentiel de la Fondation SCP. Elles décrivent les mesures à prendre pour assurer la sécurité et la préservation des objets SCP, ainsi que la protection du personnel et du public en général.

Tout d'abord, chaque objet SCP est classé selon sa dangerosité, déterminée par sa capacité à causer des dommages physiques, psychologiques ou autres. Les trois principales classes sont les SCP sûrs, Euclide et Keter, qui nécessitent chacune des protocoles de confinement différents.

Les SCP sûrs sont les plus faciles à gérer, car ils ne présentent pas de danger immédiat pour le personnel ou le public. Ils peuvent être stockés dans des coffres-forts ou des armoires verrouillées, et nécessitent des contrôles réguliers pour assurer leur sécurité.

Les SCP Euclide sont plus complexes et peuvent nécessiter des mesures de confinement plus strictes. Ils nécessitent des procédures de surveillance continues et des protocoles de confinement plus élaborés pour minimiser les risques associés à leur manipulation. Ils doivent également être étudiés en permanence pour comprendre leur comportement et leur nature.

Les SCP Keter sont les plus dangereux et les plus difficiles à contenir. Ils présentent un danger extrême pour le personnel et le public, et nécessitent des protocoles de confinement et de sécurité très stricts pour minimiser les risques associés à leur manipulation. Les SCP Keter peuvent être confinés dans des zones isolées ou des installations spéciales, et leur accès est strictement réglementé.

En plus des protocoles de confinement standard, la Fondation SCP dispose également de protocoles d'urgence pour faire face à des situations imprévues, telles que des évasions, des catastrophes naturelles ou des attaques extérieures. Ces protocoles sont conçus pour assurer la sécurité du personnel et du public, ainsi que la préservation des objets SCP.

Les procédures de confinement sont régulièrement mises à jour en fonction des nouvelles découvertes et des développements technologiques. La Fondation SCP investit constamment dans de nouvelles méthodes et technologies de confinement pour améliorer la sécurité et la préservation des objets SCP.

## Les protocoles d'urgence

Les protocoles d'urgence de la Fondation SCP sont des mesures de sécurité vitales pour prévenir et gérer les situations de crise. Ces protocoles sont des plans d'action spécifiques qui sont mis en place en cas de brèche de confinement, d'incident majeur, ou de tout autre événement qui met en danger la sécurité de la Fondation SCP ou de la population en général.

Chaque site de la Fondation SCP dispose d'un plan d'urgence personnalisé qui prend en compte les caractéristiques uniques de l'objet SCP et des risques associés. Ces plans sont régulièrement révisés et mis à jour pour s'adapter aux changements dans les conditions environnementales et les menaces potentielles.

Les protocoles d'urgence peuvent inclure l'évacuation de zones spécifiques, le confinement des objets SCP dangereux, l'utilisation de contre-mesures spéciales pour contrôler les objets SCP, la mobilisation de groupes d'intervention mobiles (MTF), et la mise en place de zones de quarantaine.

Les protocoles d'urgence sont conçus pour être hautement sécurisés et confidentiels, afin d'empêcher toute divulgation d'informations sensibles. Le personnel de la Fondation SCP est formé à l'utilisation de ces protocoles et doit suivre des procédures strictes pour garantir leur efficacité.

En cas d'urgence, les protocoles sont activés par le Conseil O5, l'organe de gouvernance suprême de la Fondation SCP. Le Conseil O5 supervise toutes les opérations de la Fondation SCP, y compris les protocoles d'urgence, pour assurer une coordination et une communication efficaces entre les différents sites.

Il est important de noter que les protocoles d'urgence sont conçus pour être utilisés uniquement en cas de situation d'urgence. Leur utilisation est réglementée et doit être approuvée par le Conseil O5. La Fondation SCP prend très au sérieux la sécurité et la confidentialité de ses protocoles d'urgence, afin de préserver la sécurité du public et de ses employés.

## Les expériences et recherches scientifiques

La Fondation SCP est un lieu où la science et le surnaturel se rencontrent, ce qui en fait une source constante d'expériences et de recherches scientifiques. Le personnel de la Fondation SCP est engagé dans des recherches constantes pour comprendre les objets SCP et leurs capacités uniques. Les expériences et recherches scientifiques sont cruciales pour maintenir la sécurité et le confinement des objets SCP.

La Fondation SCP utilise diverses méthodes de recherche pour étudier les objets SCP. Les chercheurs de la Fondation SCP effectuent des expériences, des observations, des analyses et des tests sur les objets SCP afin de comprendre leur nature et leur comportement. Ces recherches permettent également de développer des méthodes de confinement plus efficaces pour les objets SCP.

La Fondation SCP utilise également la technologie pour faciliter les expériences et recherches scientifiques. Les chercheurs de la Fondation SCP utilisent des outils et des équipements de haute technologie pour mener des analyses et des tests sur les objets SCP. Des ordinateurs puissants et des logiciels de pointe sont utilisés pour collecter et analyser les données sur les objets SCP.

La Fondation SCP est également engagée dans la recherche scientifique pour développer de nouvelles méthodes de confinement et de sécurité. Les scientifiques de la Fondation

SCP travaillent sans relâche pour développer des protocoles de sécurité plus avancés pour les objets SCP, ainsi que des méthodes plus efficaces de confinement et de neutralisation des objets SCP dangereux.

Les expériences et recherches scientifiques menées par la Fondation SCP ont également permis de découvrir de nouveaux objets SCP. Ces découvertes ont permis d'élargir l'univers de la Fondation SCP et de mieux comprendre la nature du surnaturel.

Cependant, il est important de noter que toutes les expériences et recherches scientifiques menées par la Fondation SCP ne sont pas éthiques ou acceptables. Certains membres du personnel de la Fondation SCP ont été impliqués dans des expériences inhumaines ou dangereuses sur les objets SCP ou sur des individus. Ces actes ont été condamnés par certains membres de la communauté SCP et ont suscité des débats éthiques au sein de la Fondation SCP.

## Les opérations de récupération et d'enquête

Les opérations de récupération et d'enquête sont au cœur de l'activité de la Fondation SCP. Ces opérations sont menées dans le but de localiser, de capturer et de sécuriser les objets SCP qui sont considérés comme dangereux ou potentiellement dangereux pour l'humanité. Elles permettent également de recueillir des informations et des données sur ces objets afin de mieux comprendre leurs propriétés et leur comportement.

Les opérations de récupération et d'enquête sont menées par différents types de personnel de la Fondation SCP, notamment les agents de terrain et les groupes d'intervention mobiles (MTF). Ces opérations sont menées dans des lieux et des situations variés, allant de la collecte d'un objet SCP découvert dans la nature à la récupération d'un objet SCP dans les locaux d'une organisation hostile.

Les procédures de récupération et d'enquête sont strictement réglementées et encadrées par des protocoles de sécurité stricts pour assurer la sécurité du personnel de la Fondation SCP et de l'objet SCP lui-même. Les protocoles de récupération impliquent souvent une évaluation minutieuse des risques et des dangers potentiels, la mise en place de mesures de confinement temporaires, ainsi que des plans d'urgence et d'extraction en cas de nécessité.

Dans de nombreux cas, les opérations de récupération et d'enquête peuvent être très dangereuses et imprévisibles. Les agents de terrain et les MTF sont souvent confrontés à des situations extrêmes qui nécessitent des compétences spécialisées et une formation avancée pour gérer efficacement ces situations. Les opérations peuvent également impliquer des affrontements avec des groupes d'intérêt hostiles ou des individus dangereux.

Les opérations de récupération et d'enquête sont également soumises à des contraintes de temps et de ressources. Les objets SCP peuvent être extrêmement difficiles à localiser et à récupérer, nécessitant des moyens techniques avancés, une coopération internationale et des ressources financières considérables.

La Fondation SCP utilise également des tactiques d'enquête avancées pour collecter des informations sur les objets SCP et leurs propriétés. Les chercheurs de la Fondation utilisent une variété de méthodes, notamment l'analyse de documents, les tests scientifiques et les simulations numériques, pour comprendre les propriétés et les comportements des objets SCP.

Enfin, les opérations de récupération et d'enquête peuvent également impliquer la coopération avec d'autres organisations ou groupes d'intérêt, tels que la Coalition Mondiale Occulte ou l'Insurrection du Chaos, pour atteindre des objectifs communs ou pour résoudre des problèmes particuliers.

# Études de cas spécifiques des SCP les plus célèbres et notables

## SCP-173 : La Sculpture

SCP-173, également connu sous le nom de «La Sculpture», est l'un des objets SCP les plus emblématiques et les plus redoutés de la Fondation SCP. Il est classé comme SCP Euclide et est considéré comme l'un des objets les plus dangereux de la Fondation.

SCP-173 est une statue en béton armé d'apparence humanoïde, mesurant environ 1,8 mètre de hauteur. Il est doté d'un corps musclé et sans visage, avec des membres qui semblent être mal proportionnés. Sa tête est couronnée d'un halo lumineux qui change de couleur en fonction de l'humeur de la créature. SCP-173 est capable de se déplacer à une vitesse incroyablement rapide, mais il ne peut se déplacer que lorsqu'il n'est pas directement observé. Dès qu'un individu a le dos tourné, il attaque sa victime, le brisant en morceaux en un temps très court.

L'origine de SCP-173 est inconnue, mais on sait qu'il a été découvert pour la première fois dans un ancien complexe industriel abandonné. Lorsqu'il a été découvert, SCP-173 était couvert de graffitis, dont l'un d'eux disait «laissez-moi sortir». Les circonstances de sa création et les raisons pour lesquelles il a été enfermé restent un mystère.

La Fondation SCP a pris des mesures drastiques pour

contenir SCP-173. Il est enfermé dans une cellule de confinement en béton renforcé équipée de caméras de surveillance en permanence. Lorsqu'un membre du personnel pénètre dans la cellule pour effectuer des tâches d'entretien, il doit être accompagné d'au moins deux autres personnes. Les membres du personnel qui travaillent directement avec SCP-173 doivent être informés de ses capacités et être formés aux protocoles de sécurité.

SCP-173 a été impliqué dans plusieurs incidents graves au cours des années, notamment une évasion de sa cellule de confinement en raison d'une erreur de sécurité. Dans un incident, SCP-173 a réussi à neutraliser un garde en se déplaçant rapidement et en brisant sa nuque. Dans un autre incident, SCP-173 a réussi à sortir de sa cellule de confinement et a attaqué un groupe de chercheurs.

SCP-173 est un exemple frappant de la complexité et du danger des objets SCP de la Fondation. Bien qu'il soit un objet inanimé, il possède une capacité à se déplacer et à attaquer qui en fait une menace pour la vie humaine. Les protocoles de confinement mis en place par la Fondation SCP pour contrôler SCP-173 sont un exemple de la rigueur et de la détermination nécessaires pour faire face aux objets SCP les plus dangereux.

## SCP-087 : L'Escalier Infini

SCP-087 est un objet SCP de classe Euclide qui a été découvert en 2008. C'est un escalier en béton qui descend verticalement dans le sol, situé dans un bâtiment non identifié. Le premier palier de l'escalier se trouve à une profondeur de 13 marches et une porte métallique est visible en bas. Des tests ont révélé que la porte ne peut pas être ouverte et qu'elle est probablement soudée ou scellée.

Les observations ont montré que les escaliers descendent à une profondeur inconnue et qu'aucune source de lumière n'est visible à partir du premier palier. De plus, des bruits étranges ont été entendus venant de l'escalier, y compris des voix et des pleurs. Les observations ont également révélé qu'il y avait une présence inconnue dans les escaliers, qui apparaît occasionnellement sur les enregistrements vidéo.

SCP-087 est un objet extrêmement dangereux et imprévisible, qui peut causer des perturbations psychologiques sévères chez ceux qui l'observent ou l'approchent. Plusieurs membres du personnel ont signalé des cauchemars, des troubles du sommeil et une anxiété accrue après avoir été exposés à SCP-087. Pour cette raison, l'accès à SCP-087 est strictement restreint et réservé aux membres du personnel ayant une autorisation de sécurité élevée.

Des études ont été menées sur SCP-087, mais aucun moyen de confinement ou de neutralisation n'a été trouvé. Les membres du personnel qui ont été exposés à SCP-087 ont été traités avec des séances de thérapie et de désensibilisation, mais les effets de l'objet SCP persistent souvent même après le traitement. Il est donc important de noter que SCP-087 doit être traité avec la plus grande précaution et que l'accès à l'objet doit être limité à des fins de recherche et de sécurité.

SCP-087 est l'un des SCP les plus connus de la Fondation SCP et a inspiré de nombreuses créations dans la communauté SCP, notamment des histoires, des jeux vidéo et des vidéos YouTube. Cependant, il est important de rappeler que SCP-087 est un objet SCP réel et extrêmement dangereux, qui ne doit pas être pris à la légère. La Fondation SCP est chargée de protéger l'humanité contre les dangers inconnus et SCP-087 est un exemple clair de l'importance de leur mission.

## SCP-096 : Le Timide

SCP-096, également connu sous le nom de «Le Timide», est un objet SCP de la classe Keter. Cette créature humanoïde mesure environ 2,38 mètres de haut et pèse environ 155 kg. Elle est capable de se déplacer à des vitesses extrêmement rapides et de sauter à des hauteurs incroyables. SCP-096 est doté d'une force physique impressionnante, capable de briser des matériaux solides tels que le béton et le métal avec une facilité déconcertante.

Cependant, l'une des caractéristiques les plus dangereuses de SCP-096 est sa réaction extrême à toute personne qui le regarde directement dans les yeux ou qui voit son visage. Lorsque cela se produit, SCP-096 entre dans un état de rage incontrôlable et commence à poursuivre la personne qui l'a regardé, sans égard pour les obstacles ou les dangers potentiels. SCP-096 traque sa cible sans relâche, même à travers des distances extrêmement longues et des obstacles apparemment insurmontables. Les rapports montrent que SCP-096 est capable de suivre une cible à travers les océans et les continents, ne s'arrêtant que lorsque la cible est morte ou qu'elle est hors de vue.

La Fondation SCP a mis en place un certain nombre de protocoles pour contenir SCP-096 et minimiser les risques pour le personnel. Tout d'abord, SCP-096 doit être gardé dans une cellule de confinement blindée et sécurisée, dotée de caméras et d'écrans de visualisation pour surveiller ses mouvements. Toutes les personnes qui ont été exposées à SCP-096 doivent être neutralisées immédiatement pour éviter qu'elles ne divulguent des informations sensibles. La Fondation SCP utilise également des leurres pour tromper SCP-096 et le détourner de ses cibles potentielles.

SCP-096 est considéré comme l'un des objets SCP les plus dangereux et les plus difficiles à contenir. Les incidents impliquant SCP-096 sont souvent très violents et peuvent entraîner des pertes en vies humaines et des dégâts matériels considérables. Les membres du personnel de la Fondation SCP qui travaillent avec SCP-096 sont soumis à une formation et à une sécurité rigoureuses pour minimiser les risques d'incidents.

## SCP-682 : Le Lézard Indestructible

SCP-682 est sans aucun doute l'un des objets SCP les plus célèbres et notables, en partie grâce à sa nature unique et terrifiante. SCP-682 est également connu sous le nom de «Lézard Indestructible» en raison de sa capacité à survivre à presque toutes les tentatives de confinement et de neutralisation.

SCP-682 a été découvert pour la première fois en ▇▇▇▇▇▇▇▇▇▇▇▇, dans un lac près de ▇▇▇▇▇▇▇▇▇▇▇▇▇▇▇. Il a rapidement été identifié comme une créature anormale de grande taille, ressemblant à un lézard, mesurant environ 6 mètres de long. Cependant, ses caractéristiques physiques sont très différentes de celles des lézards normaux. SCP-682 a une peau extrêmement résistante, capable de résister à des attaques chimiques, physiques et thermiques. Il possède également une grande force physique et une capacité de régénération très rapide.

La Fondation SCP a tenté de contenir SCP-682 dans de nombreux sites différents, mais a échoué à chaque fois. En raison de sa nature destructrice, SCP-682 a été classé comme objet de Classe Keter, ce qui signifie qu'il est extrêmement difficile à contenir et qu'il présente une menace pour l'humanité si jamais il est libéré.

De nombreux protocoles de confinement ont été mis en place pour contenir SCP-682, y compris l'utilisation de matériaux et de technologies avancées pour le piéger. Cependant, SCP-682 a régulièrement montré sa capacité à échapper à ces méthodes de confinement. En conséquence, la Fondation SCP a mis en place un protocole de neutralisation à l'aide d'un dispositif de suppression de réalité, mais cela n'a pas réussi non plus.

SCP-682 est connu pour son intelligence et sa capacité à communiquer, bien que cela ne soit pas toujours facile ou sûr pour le personnel de la Fondation SCP. En raison de sa nature extrêmement dangereuse, il est souvent considéré comme l'un des objets SCP les plus redoutables.

## SCP-914 : La Machine à Améliorer

SCP-914 est l'un des objets les plus mystérieux et fascinants de la Fondation SCP. Surnommée la « Machine à Améliorer », SCP-914 est un appareil de grande taille doté d'un panneau de commande, qui permet de modifier les propriétés physiques et chimiques d'un objet qui y est placé. SCP-914 a la capacité de transformer un objet en un autre, en fonction du réglage choisi sur le panneau de commande. L'objet est également capable d'améliorer ou de dégrader la qualité de l'objet en fonction de son réglage.

SCP-914 est également capable de modifier la taille, la forme, la couleur, le poids, la texture et même la composition chimique des objets qui y sont placés. De plus, la machine peut être réglée pour altérer les propriétés d'un objet de manière à ce qu'il soit plus adapté à son utilisation ou à son environnement. SCP-914 est un objet extrêmement puissant et potentiellement dangereux, qui doit être utilisé avec la plus grande prudence.

La Fondation SCP a découvert SCP-914 lors d'une opération de récupération menée en 19██ dans une usine abandonnée. Depuis lors, la machine est gardée sous haute surveillance dans une installation spéciale, où seuls les chercheurs les plus qualifiés ont le droit de l'utiliser. SCP-914 est également soumis à des protocoles de confinement stricts pour empêcher toute utilisation non autorisée.

SCP-914 est considérée comme l'un des objets les plus utiles et les plus dangereux de la Fondation SCP. Bien que la machine ait été utilisée avec succès pour améliorer les propriétés de nombreux objets, il existe également des risques liés à son utilisation. Si la machine est réglée de manière incorrecte, elle peut créer des objets dangereux ou instables qui peuvent mettre en danger la vie du personnel de la Fondation SCP.

Les expériences menées avec SCP-914 ont permis d'obtenir des résultats incroyables, comme la transformation d'un simple crayon en un diamant brut, ou la conversion d'un morceau de bois en un mélange de titane et de carbone ultra-résistant. Toutefois, la machine a également produit des objets qui se sont avérés être extrêmement dangereux, comme des explosifs instables ou des virus mortels.

Le contrôle de SCP-914 est un travail difficile et extrêmement technique, qui nécessite une grande expérience et une connaissance approfondie de la machine. Les chercheurs de la Fondation SCP ont élaboré des protocoles de sécurité stricts pour minimiser les risques liés à l'utilisation de la machine. Toutefois, la complexité de SCP-914 reste l'un des défis les plus importants de la Fondation SCP.

## Autres SCP notables

Dans la communauté SCP, il existe des centaines d'objets SCP différents qui ont tous des propriétés uniques et fascinantes. Voici quelques autres SCP notables qui n'ont pas été mentionnés dans les sections précédentes du livre :

## SCP-049 - Le Docteur

SCP-049 est un individu humanoïde qui porte une robe noire et une paire de gants en cuir. Il prétend être un médecin et cherche à guérir les gens d'une maladie qu'il appelle «la peste». Cependant, toute personne qu'il touche finit par se transformer en une créature similaire à un zombie.

## SCP-3008 - Le Meuble Ikea Infini

SCP-3008 est un magasin Ikea qui s'étend à l'infini. Les personnes qui entrent dans le magasin ne peuvent pas en sortir, et doivent survivre en se cachant des créatures hostiles qui y vivent.

## SCP-999 - La Boule de Gelée Joyeuse

SCP-999 est une boule de gelée qui est incroyablement amicale et aimante. Le SCP est capable de calmer et de réconforter les personnes qui sont tristes ou stressées.

## SCP-3000 - Anantashesha

SCP-3000 est une créature marine gigantesque qui vit dans les profondeurs de l'océan. Elle a la capacité de contrôler l'esprit de ceux qui entrent en contact avec elle et de les transformer en serviteurs dévoués.

## SCP-2000 - Le Retour

SCP-2000 est une installation de la Fondation SCP qui a la capacité de cloner et de ressusciter des personnes mortes, y compris le personnel de la Fondation. Elle a été conçue pour permettre à la Fondation de reconstruire la civilisation après un événement de fin du monde.

### SCP-087-B - La Chose dans l'Obscurité

SCP-087-B est une entité monstrueuse qui vit dans les profondeurs de SCP-087, l'escalier infini. Elle poursuit les personnes qui descendent les escaliers et les tue si elle les attrape.

### SCP-2718 - Ce qui reste après

SCP-2718 est une entité qui représente la mort elle-même. Elle affecte les personnes qui ont été ressuscitées et qui ont vécu des expériences de mort imminente, les laissant avec une connaissance intuitive de ce qui les attend après la mort.

### SCP-5000 - Contention

SCP-5000 est un événement de fin du monde dans lequel la Fondation SCP perd la guerre contre les Groupes d'Intérêt et est détruite. L'histoire est racontée du point de vue d'un membre de la Fondation qui tente de sauver le peu qu'il reste de l'organisation.

Ces exemples montrent que la communauté SCP est extrêmement inventive et imaginative, créant des objets SCP avec des capacités uniques et effrayantes qui défient l'imagination. Les objets SCP peuvent être inspirés de la mythologie, de la science-fiction, de la fantasy, ou de l'horreur, créant un univers divers et captivant qui continue de fasciner les fans de la Fondation SCP.

# Les opérations et incidents majeurs de la Fondation SCP

## Les évasions et incidents de confinement

Les évasions et incidents de confinement sont des événements fréquents au sein de la Fondation SCP. Malgré tous les protocoles de sécurité mis en place, il est difficile de prévoir toutes les situations qui peuvent survenir avec les objets SCP. Les évasions et les incidents de confinement peuvent causer de graves problèmes, allant des pertes matérielles aux pertes de vie humaine. Dans cette section, nous allons examiner certains des incidents de confinement les plus notables et les évasions les plus dangereuses.

L'un des incidents les plus connus est celui de SCP-106, également appelé le Vieux Homme. SCP-106 est un objet SCP de classe Keter qui est capable de se déplacer à travers les surfaces solides et de piéger ses victimes dans une dimension parallèle. En 1978, SCP-106 a réussi à s'échapper de sa cellule de confinement au Site-█, causant la mort de █ membres du personnel et laissant des dommages importants à l'installation. Après une chasse prolongée, SCP-106 a été retrouvé et placé dans une cellule de confinement améliorée.

Un autre incident notable est celui de SCP-096, également connu sous le nom de Le Timide. SCP-096 est un objet SCP de classe Euclide qui réagit de manière extrêmement violente lorsque quelqu'un voit son visage. En 20██, SCP-096 a été accidentellement observé par un membre du personnel non autorisé. SCP-096 a ensuite traversé plusieurs zones de sécurité avant d'être neutralisé par un groupe d'intervention mobile.

SCP-682, un objet SCP de classe Keter, est également responsable d'une évasion majeure de confinement. SCP-682 est un lézard indestructible et hautement agressif capable de guérir rapidement de toute blessure. En ■/■/20■, SCP-682 a réussi à échapper à sa cellule de confinement au Site-■, tuant ■ membres du personnel et en blessant gravement ■ autres. Après une chasse prolongée, SCP-682 a finalement été maîtrisé et remis en confinement.

Il y a également eu des incidents impliquant des objets SCP de classe Sûr, qui sont considérés comme les moins dangereux. SCP-008, un virus capable de transformer les humains en zombies, a été accidentellement relâché dans le Site-■ en 20■, causant la mort de ■ membres du personnel et la contamination de ■ autres. SCP-500, une pilule capable de guérir n'importe quelle maladie, a également été volée du Site-■ en 20■. Le vol a été attribué à l'Insurrection du Chaos.

Ces incidents montrent l'importance de la sécurité et des protocoles de confinement dans la Fondation SCP. La Fondation doit constamment améliorer ses protocoles de sécurité pour éviter les évasions et les incidents de confinement, qui peuvent avoir des conséquences désastreuses. Les membres du personnel doivent être formés pour agir rapidement en cas d'urgence et la Fondation doit continuellement réévaluer et mettre à jour ses protocoles de sécurité pour éviter les erreurs humaines. En somme, la sécurité doit toujours être la priorité absolue pour la Fondation SCP.

## Les protocoles de fin du monde (K-Class Scenarios)

Les protocoles de fin du monde, communément appelés « K-Class Scenarios », sont des événements catastrophiques qui menacent la survie de l'humanité et de la vie telle que nous la connaissons. La Fondation SCP a élaboré une série de protocoles pour faire face à ces scénarios et protéger le monde contre la destruction totale.

Le protocole le plus connu est le « K-Class Scénario d'Extinction », qui implique la fin de toute vie sur Terre. Ce scénario peut être déclenché par une variété de causes, telles qu'un impact d'astéroïde massif, une pandémie mortelle ou un changement soudain et dramatique de l'environnement de la Terre. Dans de tels cas, la Fondation SCP met en œuvre des mesures de confinement pour protéger les objets SCP de la destruction, tout en travaillant à développer des solutions pour empêcher la catastrophe de se produire.

Un autre scénario est le « K-Class Scénario de Réalité », qui implique une altération ou une destruction complète de la réalité telle que nous la connaissons. Ce scénario peut être déclenché par des anomalies SCP qui ont un impact sur les lois fondamentales de la physique ou la structure de la réalité elle-même. Dans ce cas, la Fondation SCP met en œuvre des mesures de confinement pour protéger les objets SCP de la destruction, tout en travaillant à trouver des moyens de stabiliser la réalité et de minimiser les dommages causés.

Enfin, il y a le « K-Class Scénario de Sécousse Temporelle », qui implique des perturbations majeures dans le temps et l'espace. Ce scénario peut être déclenché par des anomalies SCP qui ont un impact sur les lois de la physique temporelle ou qui perturbent l'ordre chronologique. Dans ce cas, la Fondation SCP met en œuvre des mesures de confinement pour protéger les objets SCP de la destruction, tout en travaillant à trouver des moyens de stabiliser le temps et l'espace.

La Fondation SCP prend très au sérieux ces scénarios et a développé des protocoles pour faire face à ces situations extrêmes. Cependant, il est important de noter que ces scénarios sont hypothétiques et que la Fondation SCP travaille continuellement pour prévenir de tels événements avant qu'ils ne se produisent. Les protocoles de fin du monde sont une mesure de dernier recours pour protéger la Terre et l'humanité contre les menaces les plus graves et les plus inimaginables

## Les expérimentations SCP notables

Les expérimentations SCP sont l'une des activités les plus risquées de la Fondation SCP. En effet, elles consistent à tester les capacités et les limites des objets SCP, ce qui peut parfois conduire à des événements imprévus et dangereux. Malgré cela, ces expérimentations sont vitales pour la compréhension de chaque objet SCP et pour garantir la sécurité de l'humanité.

L'une des expérimentations SCP les plus célèbres est celle menée sur l'objet SCP-914, également connu sous le nom de « Machine à Améliorer ». Cette expérience consistait à placer différents objets SCP de la classe Sûr, Euclide et Keter dans la machine, afin de voir comment elle les transformerait. Les résultats ont été spectaculaires, avec des objets qui ont été améliorés, dégradés ou même complètement neutralisés.

Une autre expérience notoire est celle menée sur l'objet SCP-426, également connu sous le nom de « Je suis un toaster ». Cette expérience consistait à soumettre différents membres du personnel de la Fondation SCP à l'objet SCP-426, qui les obligeait à se référer à eux-mêmes comme un grille-pain. Cette expérience a démontré la capacité de l'objet à altérer la perception de la réalité des personnes.

L'expérience sur l'objet SCP-261, également connu sous le nom de « Boîte à surprises », est également digne de mention. Cette expérience consistait à donner différentes pièces de monnaie à l'objet et à voir ce qu'il produirait en retour. Les résultats ont été surprenants, avec des objets allant d'aliments normaux à des produits chimiques dangereux.

Enfin, l'expérience sur l'objet SCP-294, également connu sous le nom de « Distributeur de boissons », est également remarquable. Cette expérience consistait à donner différentes commandes à l'objet pour voir quelles boissons il produirait. Les résultats ont été très variés, avec des boissons allant de l'eau à des produits chimiques dangereux.

Il est important de noter que toutes les expérimentations SCP sont menées avec le plus grand soin et la plus grande prudence possible. Les équipes de recherche et de sécurité travaillent en étroite collaboration pour minimiser les risques et s'assurer que les objets SCP ne représentent aucune menace pour la Fondation SCP ou pour le monde en général. Cependant, malgré toutes les précautions, ces expérimentations restent dangereuses et doivent être menées avec la plus grande prudence.

## Les opérations de récupération et de neutralisation

Les opérations de récupération et de neutralisation sont au cœur des activités de la Fondation SCP. Elles consistent à localiser, contenir et étudier des objets anormaux (SCP) afin de préserver l'humanité de leurs effets dévastateurs. Les membres de la Fondation SCP ont pour mission de récupérer ces objets anormaux, en minimisant les dommages collatéraux et en neutralisant toute menace potentielle.

Les opérations de récupération et de neutralisation sont menées par les agents de terrain de la Fondation SCP. Ces agents sont formés pour intervenir dans des situations dangereuses et complexes, et leur équipement est adapté à chaque mission spécifique. Les opérations de récupération peuvent prendre de nombreuses formes, allant de l'infiltration discrète à l'assaut frontal. Les agents de terrain peuvent également faire appel à des Groupes d'Intervention Mobiles (MTF) pour les assister dans les missions les plus difficiles.

La Fondation SCP prend toutes les précautions nécessaires pour minimiser les dommages collatéraux lors des opérations de récupération. Les agents sont formés pour neutraliser les SCP sans causer de pertes humaines ou matérielles, et la Fondation SCP dispose de nombreux protocoles pour gérer les situations d'urgence. Les protocoles d'urgence comprennent des plans de contingence pour évacuer les installations, des procédures pour contenir les SCP en cas de brèche de confinement, et des plans pour neutraliser les SCP en cas de menace imminente.

Lorsqu'un SCP est récupéré, il est transporté vers un site de confinement de la Fondation SCP. Les sites de confinement sont des installations hautement sécurisées conçues pour empêcher les SCP de s'échapper. Chaque site de confinement est adapté aux spécificités de chaque SCP. Certains SCP sont conservés dans des conteneurs de confinement standard, tandis que d'autres nécessitent des installations de confinement plus complexes.

Une fois qu'un SCP est confiné, les chercheurs de la Fondation SCP commencent à l'étudier. Les chercheurs sont responsables de comprendre les propriétés et les effets des SCP, afin de déterminer comment les neutraliser et comment minimiser leurs effets sur l'humanité. Les chercheurs de la Fondation SCP sont hautement qualifiés et ont accès à des technologies de pointe pour mener leurs recherches.

Dans certains cas, la neutralisation d'un SCP peut être nécessaire. Les SCP qui sont jugés trop dangereux ou qui ne peuvent pas être contenus peuvent être neutralisés. La neutralisation peut prendre de nombreuses formes, allant de la destruction physique à l'utilisation de procédures spéciales de neutralisation. Les procédures de neutralisation sont conçues pour minimiser les effets secondaires et les dommages collatéraux, tout en neutralisant efficacement le SCP.

# Les événements marquants de l'histoire de la Fondation SCP

## Les incidents majeurs et les brèches de confinement

Les incidents majeurs et les brèches de confinement sont inévitables dans la Fondation SCP. Malgré les mesures de sécurité rigoureuses mises en place pour éviter les évasions et les brèches de confinement, les objets SCP sont imprévisibles et peuvent causer des événements catastrophiques.

L'un des incidents les plus notables de la Fondation SCP est l'incident de la « Grande Contamination » qui a eu lieu en 1924, lorsque la Fondation a dû faire face à une épidémie de propriétés anormales dans le monde entier. Cette contamination a été causée par l'objet SCP-610, une maladie contagieuse qui transforme les êtres humains en une masse organique indifférenciée. La Fondation a été obligée de mettre en place des mesures extrêmes pour contenir la maladie et empêcher sa propagation, causant la mort de milliers de personnes.

L'incident du « Site-19 » est un autre incident majeur de la Fondation SCP, qui a eu lieu en 1981. Dans cet incident, un groupe d'objets SCP ont réussi à s'échapper de leur confinement et ont causé une énorme brèche de confinement dans le site-19. Cette brèche a conduit à la mort de nombreux membres du personnel de la Fondation et à la destruction de la majorité des installations de recherche du site.

Un autre incident notable est l'incident de l'« Objet 110-Montauk ». Cet incident a eu lieu dans le Site-███ en 19██, où un sujet de classe D a été utilisé pour des expériences psychologiques extrêmes. Les détails précis de ces expériences sont inconnus, mais des rumeurs indiquent que des méthodes de torture et de manipulation mentale ont été utilisées. Cet incident a suscité des débats éthiques et a conduit à la révision des protocoles de traitement des sujets de classe D.

En 2008, l'incident de l'« Objet 682 » a également eu des conséquences graves pour la Fondation SCP. Cet objet, un lézard extrêmement résistant et agressif, a réussi à s'échapper de son confinement et a causé de nombreux dégâts. La Fondation a été obligée de recourir à des mesures extrêmes pour le contenir, y compris l'utilisation d'armes nucléaires. Cet incident a mis en lumière la difficulté de contenir des objets SCP de classe Keter et a conduit à la mise en place de nouvelles procédures de confinement.

Enfin, l'incident de l'« Objet 055 » est l'un des incidents les plus énigmatiques de la Fondation SCP. Cet objet est classé comme SCP-Thaumiel, ce qui signifie qu'il est utilisé pour contenir d'autres objets SCP. Cependant, les détails de son confinement sont inconnus, même pour les membres les plus hauts placés de la Fondation SCP. Cet incident a suscité de nombreuses théories et spéculations sur la nature de l'objet 055 et sur la raison pour laquelle il est classé comme SCP-Thaumiel.

# Les développements scientifiques et technologiques

Les développements scientifiques et technologiques de la Fondation SCP sont indissociables de ses activités de recherche, d'expérimentation et de confinement des objets SCP. Au fil des années, la Fondation a développé une expertise unique dans la compréhension et la manipulation des phénomènes anormaux, qui a conduit à l'élaboration de technologies avancées et innovantes.

L'un des développements les plus remarquables de la Fondation SCP est la création de la technologie dite «amnésique», utilisée pour effacer la mémoire des individus ayant eu connaissance d'un objet SCP. Cette technologie, qui peut être administrée sous différentes formes (injection, inhalation, etc.), est cruciale pour maintenir le secret autour de l'existence de la Fondation et des objets SCP, et pour éviter toute contamination de la population générale. Bien que les détails précis de cette technologie restent classifiés, on sait qu'elle est basée sur des principes neurologiques complexes et qu'elle a été testée avec succès sur des animaux et des êtres humains.

Outre la technologie amnésique, la Fondation SCP a également développé des moyens de transport avancés pour les membres du personnel et les objets SCP. Les véhicules les plus couramment utilisés sont les hélicoptères, les avions et les trains à grande vitesse, mais la Fondation dispose également de sous-marins, de navires et de vaisseaux spatiaux pour des opérations spéciales. Ces véhicules sont équipés de technologies de pointe pour garantir leur sécurité et leur discrétion, ainsi que pour protéger les objets SCP transportés.

En ce qui concerne les techniques de confinement, la Fondation SCP a développé des matériaux spéciaux capables de contenir les objets SCP les plus dangereux et les plus imprévisibles. Ces matériaux sont souvent des alliages métalliques renforcés, des polymères synthétiques ou des composites organiques, conçus pour résister aux effets les plus extrêmes des objets SCP (températures extrêmes, radiation, pression, etc.). En plus de ces matériaux, la Fondation utilise également des systèmes de surveillance sophistiqués pour surveiller en permanence les objets SCP et détecter tout signe de comportement anormal.

Enfin, la Fondation SCP s'appuie sur des technologies de pointe pour mener des recherches scientifiques sur les objets SCP et sur les phénomènes anormaux en général. Ces technologies incluent des instruments de mesure de haute précision, des scanners médicaux avancés, des ordinateurs quantiques et des laboratoires de recherche équipés des dernières technologies en matière de génie génétique, de physique quantique et de neurosciences. La Fondation est également à la pointe de la recherche en intelligence artificielle et en cybernétique, pour mieux comprendre les comportements des objets SCP et pour développer des systèmes de défense avancés contre les attaques informatiques.

# Controverses et débats éthiques

## Traitement des objets SCP et des individus affectés

La Fondation SCP est connue pour sa mission de confinement et de recherche sur les objets SCP. Cependant, une partie essentielle de cette mission est également le traitement des individus affectés par ces objets.

Lorsqu'un objet SCP est découvert, il est souvent associé à des effets nocifs sur les personnes qui entrent en contact avec lui. Les individus affectés peuvent souffrir de perturbations mentales, physiques, ou même spirituelles. La Fondation SCP prend très au sérieux le traitement et la prise en charge de ces individus, car leur santé mentale et physique est primordiale pour leur réadaptation et pour prévenir toute contamination ou propagation de l'effet SCP.

Le traitement des individus affectés par les objets SCP est une tâche complexe et délicate. La Fondation SCP utilise des professionnels de la santé mentale et physique pour aider les individus à surmonter les traumatismes et les effets indésirables de l'objet SCP. Les traitements peuvent inclure une thérapie individuelle, des médicaments et d'autres interventions médicales.

La Fondation SCP dispose également de procédures strictes pour assurer la sécurité des individus affectés. Les individus sont placés en quarantaine et reçoivent un traitement médical approprié pour prévenir la propagation de l'effet SCP.

Des mesures de sécurité strictes sont également mises en place pour empêcher les individus de mettre en danger leur propre vie ou la vie d'autrui.

Cependant, la Fondation SCP n'a pas toujours été transparente quant à ses pratiques de traitement des individus affectés. Certaines critiques ont été formulées à l'encontre de la Fondation SCP pour sa gestion des individus de classe D, qui sont souvent utilisés comme cobayes dans les tests d'objets SCP et qui peuvent subir des traitements inhumains. La Fondation SCP a récemment reconnu ces critiques et a mis en place des mesures pour améliorer le traitement des individus de classe D.

## Utilisation du personnel de classe D

La Fondation SCP utilise le personnel de classe D pour effectuer des tâches considérées comme étant trop risquées pour le personnel régulier de la Fondation. Les personnes de classe D sont des individus recrutés par la Fondation à partir de populations carcérales ou de personnes condamnées à mort. Ils sont soumis à des amnésies et à des traitements médicaux pour supprimer toute information personnelle ou émotionnelle afin de garantir leur obéissance et leur soumission.

Cependant, l'utilisation du personnel de classe D soulève des questions éthiques et morales quant à l'utilisation de personnes vulnérables pour des tâches dangereuses et souvent mortelles. La Fondation SCP justifie cette pratique en disant que les individus recrutés pour la classe D sont souvent des criminels ou des personnes jugées dangereuses pour la société, et qu'ils sont en train d'exécuter une peine de prison ou une peine de mort.

Néanmoins, certains critiques ont souligné que l'utilisation de personnes de classe D peut être considérée comme de la violence étatique, car elle implique l'utilisation de personnes vulnérables pour des tâches dangereuses et mortelles.
De plus, la Fondation SCP utilise souvent le personnel de classe D pour tester des objets SCP ou pour effectuer des expériences dangereuses, ce qui soulève des questions éthiques quant au traitement équitable des personnes de classe D.

La Fondation SCP prend des mesures pour minimiser les risques pour le personnel de classe D, en leur offrant une formation et un équipement de protection adéquats pour les tâches qu'ils sont amenés à effectuer. De plus, la Fondation SCP surveille de près le traitement et les conditions de vie des personnes de classe D pour garantir leur bien-être.

En fin de compte, l'utilisation du personnel de classe D est une pratique controversée dans la Fondation SCP. Bien qu'elle puisse être considérée comme nécessaire pour les opérations de confinement et de recherche, elle soulève des questions éthiques importantes quant à l'utilisation de personnes vulnérables pour des tâches dangereuses et souvent mortelles. La Fondation SCP doit continuer à réfléchir à la manière dont elle utilise le personnel de classe D et à s'assurer que ces personnes sont traitées avec respect et dignité.

# Questions de surveillance et de contrôle

La surveillance et le contrôle sont des éléments essentiels dans le fonctionnement de la Fondation SCP. En effet, la Fondation est responsable de la protection de l'humanité contre les objets SCP dangereux et incontrôlables, il est donc crucial que ces objets soient étroitement surveillés et contrôlés en permanence. Cela implique des protocoles de sécurité stricts et rigoureux, ainsi qu'un personnel hautement qualifié et formé pour faire face à toutes les situations.

Les protocoles de surveillance et de contrôle de la Fondation SCP varient en fonction de la classe de l'objet SCP. Les objets de classe Sûr sont les plus faciles à surveiller et à contrôler, car ils présentent peu de risques pour l'humanité. Ces objets sont généralement conservés dans des conteneurs standard et vérifiés régulièrement par le personnel de la Fondation.

En revanche, les objets de classe Euclide et Keter sont plus difficiles à surveiller et à contrôler, car ils présentent des risques plus élevés pour l'humanité. Pour ces objets, la Fondation doit mettre en place des mesures de confinement et de sécurité plus rigoureuses. Ces mesures peuvent inclure des installations de confinement spéciales, des protocoles de sécurité supplémentaires et des équipes de recherche et de réponse d'urgence hautement qualifiées.

La Fondation SCP est également responsable de la surveillance et du contrôle de son propre personnel. Cela inclut la vérification des antécédents et des qualifications des employés, ainsi que leur formation continue en matière de sécurité et de protocoles. Les membres du personnel sont soumis à une surveillance constante pour s'assurer qu'ils respectent les protocoles de sécurité et ne commettent pas d'actes illicites.

Cependant, la question de la surveillance et du contrôle soulève également des préoccupations éthiques. Certains critiques ont exprimé leur inquiétude quant à la façon dont la Fondation SCP traite les individus affectés par les objets SCP. La Fondation utilise souvent des individus de classe D comme cobayes pour tester les objets SCP, ce qui soulève des questions sur les droits de ces individus.

## La Fondation SCP face à la critique

La Fondation SCP est un phénomène culturel unique en son genre qui a su captiver l'attention de nombreux fans à travers le monde. Cependant, malgré sa popularité croissante, la Fondation SCP a également fait face à une critique de plus en plus forte de la part de certains observateurs.

L'une des principales critiques adressées à la Fondation SCP concerne la nature des objets SCP et leur traitement par la Fondation. Certains ont accusé la Fondation de manquer de compassion envers les objets SCP et d'utiliser des méthodes de confinement brutales et inhumaines. D'autres ont critiqué l'utilisation de personnel de classe D, qui sont souvent des prisonniers condamnés à mort, pour des expériences dangereuses.

La Fondation SCP a répondu à ces critiques en soulignant que la sécurité de l'humanité est sa priorité absolue. Les objets SCP sont extrêmement dangereux et leur confinement est une tâche complexe qui nécessite souvent des mesures drastiques. La Fondation SCP a également souligné que le personnel de classe D est utilisé parce qu'ils sont considérés comme des pertes acceptables en cas d'échec, et que leur utilisation permet de sauver la vie d'autres personnes.

Une autre critique adressée à la Fondation SCP est son manque de transparence. Certains ont reproché à la Fondation de cacher des informations au public et de ne pas être suffisamment ouverte sur ses activités. La Fondation SCP a répondu à ces critiques en soulignant qu'elle doit garder certaines informations confidentielles pour éviter de paniquer la population et de provoquer des réactions inutiles.

Cependant, la Fondation SCP a également reconnu que la transparence est importante et qu'elle doit travailler à améliorer la communication avec le public. Dans cet esprit, la Fondation SCP a lancé plusieurs initiatives pour partager davantage d'informations sur ses activités et ses recherches.

Enfin, certains critiques ont reproché à la Fondation SCP de promouvoir une vision pessimiste et cynique du monde, dans laquelle la seule réponse aux menaces est une réponse violente et brutale. La Fondation SCP a répondu à ces critiques en soulignant que son objectif est de protéger l'humanité à tout prix, et que cela nécessite souvent des mesures difficiles et impopulaires. Cependant, la Fondation SCP a également souligné que la coopération et la diplomatie sont des outils importants dans sa boîte à outils, et que la violence n'est utilisée que lorsque toutes les autres options ont été épuisées.

En conclusion, la Fondation SCP est un phénomène complexe et fascinant qui a suscité de nombreuses réactions de la part du public. Bien qu'elle ait été critiquée pour plusieurs aspects de son fonctionnement, la Fondation SCP a également répondu à ces critiques de manière réfléchie et constructive. En fin de compte, la Fondation SCP reste un exemple unique de créativité et d'innovation dans le monde de la culture populaire, et elle continuera probablement à fasciner et à inspirer les fans du monde entier pour les années à venir.

# Les récits et contes de la Fondation SCP

## Les récits et contes du SCP

Les récits et contes du SCP constituent l'une des parties les plus fascinantes de l'univers SCP. Il s'agit de courtes histoires, généralement sous forme de fichiers SCP, qui décrivent des objets SCP particulièrement intéressants ou étranges. Ces histoires permettent aux lecteurs de plonger dans l'univers SCP et de découvrir les nombreuses anomalies que la Fondation SCP doit contenir et étudier.

Les récits et contes du SCP sont souvent écrits par des membres de la communauté SCP qui cherchent à explorer de nouveaux concepts ou à donner vie à des objets SCP qui n'ont pas encore été pleinement développés. Les histoires peuvent prendre de nombreuses formes, allant des rapports de confinement officiels aux journaux intimes des chercheurs et des agents de terrain. De nombreux récits et contes du SCP sont écrits dans un style à la première personne, ce qui permet aux lecteurs de s'immerger davantage dans l'univers SCP.

L'un des aspects les plus intéressants des récits et contes du SCP est la manière dont ils élargissent l'univers SCP. Les histoires permettent aux auteurs d'explorer des aspects de la Fondation SCP qui ne sont pas couverts dans les rapports officiels ou les fichiers SCP. Par exemple, certains récits explorent les relations entre les différents membres de la Fondation SCP, tandis que d'autres se concentrent sur les répercussions émotionnelles de la lutte constante contre les anomalies. De nombreux récits et contes du SCP explorent également les motivations et les objectifs des différentes factions de la Fondation SCP.

Les récits et contes du SCP sont également une source importante de développement de personnages. Les auteurs peuvent donner vie à des personnages qui ne sont que brièvement mentionnés dans les fichiers SCP ou qui n'apparaissent pas du tout. Les personnages clés tels que le Dr Bright, le Dr Clef et l'Agent ███████████ sont devenus des favoris des fans grâce à leur apparition dans de nombreux récits et contes du SCP.

Enfin, les récits et contes du SCP sont un excellent moyen pour les auteurs de créer des canons narratifs et des univers alternatifs. Ces histoires permettent aux auteurs de proposer des interprétations uniques de l'univers SCP et de créer des histoires cohérentes qui s'étendent sur plusieurs fichiers SCP. Certains des canons narratifs les plus populaires incluent le «Canon de la Fondation SCP», «L'univers d'Iris» et «L'univers de la Guerre des Ombres».

## Les canons narratifs et les univers alternatifs

Les canons narratifs et les univers alternatifs de la Fondation SCP sont une partie importante de son univers étendu. Les canons sont des récits ou des histoires qui se déroulent dans l'univers SCP et qui sont généralement interconnectés. Ces récits peuvent impliquer différents objets SCP, des personnages clés et même des groupes d'intérêt. Les univers alternatifs sont des versions alternatives de l'univers SCP, souvent créées par les fans, qui explorent des scénarios ou des histoires différentes de celles de l'univers principal.

Les canons narratifs de l'univers SCP sont une forme de storytelling collaborative, où plusieurs auteurs contribuent à un récit plus large et cohérent. Les canons peuvent se concentrer sur un événement particulier, un personnage clé ou un groupe d'intérêt. L'un des canons les plus populaires est «Broken Masquerade», qui explore les conséquences de la révélation de l'existence de la Fondation SCP au grand public.

Les canons narratifs de l'univers SCP sont souvent interconnectés et peuvent se faire référence les uns aux autres. Les auteurs travaillent ensemble pour créer un univers cohérent et complexe, qui permet d'explorer différents aspects de l'univers SCP. Les canons peuvent également être influencés par les événements de la vie réelle, tels que des pandémies ou des événements politiques.

En plus des canons narratifs, l'univers SCP compte également de nombreux univers alternatifs, créés par les fans. Ces univers alternatifs explorent souvent des scénarios différents de ceux de l'univers principal, tels que des versions alternatives de la Fondation SCP ou des histoires où les rôles sont inversés. Les univers alternatifs peuvent également explorer des genres différents, tels que l'horreur comique ou la science-fiction.

Les univers alternatifs de la Fondation SCP sont souvent créés par des fans passionnés qui souhaitent explorer différents aspects de l'univers SCP. Ces univers alternatifs peuvent également être influencés par d'autres œuvres de fiction ou par la culture populaire en général. Les univers alternatifs sont une partie importante de l'univers étendu de la Fondation SCP, car ils permettent aux fans de contribuer à l'histoire de l'univers SCP et d'explorer leur créativité.

## Les récits les plus influents et populaires

Les récits de la Fondation SCP sont au cœur de l'univers étendu de cette organisation secrète. Ces histoires ont été créées par des auteurs de différents horizons et ont permis de développer un monde complexe et captivant. Certaines de ces histoires ont particulièrement marqué la communauté SCP et ont eu un impact important sur l'univers étendu de la Fondation. Dans cette section, nous allons explorer les récits les plus influents et populaires.

Le premier récit qui vient à l'esprit lorsque l'on parle de la Fondation SCP est souvent «SCP-173 : La Sculpture». Écrit par l'utilisateur «Membre du personnel Izumi Kato», il raconte l'histoire d'une statue en béton qui peut se déplacer à une vitesse extrêmement rapide lorsque personne ne la regarde directement. Ce récit est considéré comme l'un des plus effrayants de la Fondation SCP et a inspiré de nombreux autres récits et œuvres de fiction.

Un autre récit célèbre de la Fondation SCP est «SCP-087 : L'Escalier Infini». Également connu sous le nom de «l'escalier sans fin», ce récit décrit l'exploration d'un escalier descendant dans les profondeurs d'un bâtiment. Au fur et à mesure que les personnages descendent, ils rencontrent des phénomènes étranges et effrayants. Ce récit est connu pour sa tension croissante et son atmosphère oppressante.

Un autre récit populaire de la Fondation SCP est «SCP-096 : Le Timide». Écrit par «Membre du personnel Mordecai», il raconte l'histoire d'une créature humanoïde qui se met en rage lorsqu'elle est vue par quelqu'un. Le récit suit les efforts de la Fondation pour capturer et contenir cette créature dangereuse. Ce récit est connu pour son personnage principal effrayant et son intrigue captivante.

Un autre récit célèbre est «SCP-682 : Le Lézard Indestructible». Également connu sous le nom de «l'invincible», ce récit décrit une créature reptilienne anormale qui est pratiquement impossible à tuer. La Fondation SCP travaille sans relâche pour trouver un moyen de contenir cette créature dangereuse. Ce récit est connu pour son personnage principal redoutable et son intrigue épique.

Enfin, «SCP-914 : La Machine à Améliorer» est un autre récit célèbre de la Fondation SCP. Ce récit raconte l'histoire d'une machine qui peut transformer des objets en d'autres objets. Les personnages de l'histoire utilisent cette machine pour tenter de trouver un moyen de vaincre SCP-682. Ce récit est connu pour son intrigue originale et pour l'utilisation inventive de la machine à améliorer.

Ces récits ne sont que quelques exemples des histoires captivantes et effrayantes qui composent l'univers étendu de la Fondation SCP. Ils ont tous eu un impact important sur la communauté SCP et ont contribué à façonner cet univers complexe et passionnant. En explorant ces récits, les lecteurs peuvent découvrir de nouveaux aspects de l'univers SCP et se plonger dans un monde de mystère et d'intrigue.

## Les personnages clés des récits

Les personnages clés des récits de la Fondation SCP sont nombreux et variés, chacun apportant une contribution unique à l'univers de la Fondation. Parmi eux se trouvent des membres du personnel de la Fondation SCP, des objets SCP et des entités anomales.

Le Conseil O5, par exemple, est un groupe de dirigeants de la Fondation SCP chargé de prendre des décisions stratégiques importantes. Le Conseil est composé de cinq à treize membres, selon les canons narratifs, et est souvent représenté comme étant extrêmement secret et puissant.

Les directeurs de site sont également des personnages importants dans l'univers de la Fondation. Ils sont responsables de la gestion des sites de la Fondation et de la supervision des activités de recherche et de confinement. Certains directeurs de site ont même été impliqués dans des récits de la Fondation SCP en tant que personnages principaux.

Les chercheurs de la Fondation SCP sont également des personnages clés, car ils sont chargés d'étudier les objets SCP et de trouver des moyens de les contenir. Les chercheurs sont souvent des experts dans leur domaine et apportent une contribution précieuse à la Fondation.

Les agents de terrain, quant à eux, sont chargés de récupérer des objets SCP et de les transporter vers des sites de confinement. Ils sont souvent des membres hautement entraînés de la Fondation, capables de faire face à des situations dangereuses et imprévisibles.

Les objets SCP eux-mêmes sont également des personnages clés de l'univers de la Fondation. Chaque objet SCP possède sa propre histoire unique, ses capacités et ses particularités, et de nombreux récits de la Fondation SCP se concentrent sur les interactions entre les objets SCP et le personnel de la Fondation.

Enfin, les entités anomales, telles que les Groupes d'Intérêt et les antagonistes comme l'Insurrection du Chaos, sont également des personnages clés de la Fondation SCP. Ces groupes et entités sont souvent en conflit avec la Fondation SCP, cherchant à utiliser ou à contrôler les objets SCP à leur propre avantage.

# Le processus de création et la communauté SCP

## La communauté créative et les auteurs

La Fondation SCP ne serait pas ce qu'elle est aujourd'hui sans la communauté créative et les auteurs qui ont contribué à son univers étendu. Depuis la création du site web SCP en 2008, des milliers de personnes ont rejoint la communauté pour y participer activement en créant de nouveaux contenus, en discutant de théories ou en offrant des critiques constructives.

Les auteurs SCP sont des écrivains qui contribuent régulièrement à la Fondation SCP en créant de nouveaux objets SCP, en rédigeant des histoires et des rapports d'expérience pour approfondir l'univers étendu de la Fondation. Les auteurs peuvent soumettre leurs travaux à l'évaluation de la communauté avant qu'ils ne soient ajoutés au canon SCP. Les membres de la communauté peuvent commenter les travaux et voter pour leur approbation ou leur rejet.

La communauté créative de la Fondation SCP est très diverse. Elle compte des écrivains, des artistes, des programmeurs, des cinéastes et des musiciens. Chacun de ces créatifs contribue à sa manière à la richesse de l'univers de la Fondation SCP. Par exemple, des artistes créent des illustrations pour les objets SCP, tandis que des programmeurs conçoivent des jeux vidéo inspirés de l'univers de la Fondation SCP.

La Fondation SCP accueille des auteurs de tous horizons, qu'ils soient professionnels ou amateurs. La communauté valorise la créativité, l'imagination et l'originalité. Les auteurs sont encouragés à explorer de nouveaux concepts, à proposer des interprétations alternatives de la Fondation SCP et à créer des objets SCP uniques et mémorables.

Les membres de la communauté créative de la Fondation SCP collaborent également pour créer des projets plus ambitieux. Par exemple, des groupes de créatifs peuvent s'unir pour produire des films, des jeux vidéo ou des livres inspirés de la Fondation SCP. Ces projets peuvent être très complexes et nécessitent souvent la participation de nombreux créatifs talentueux.

La communauté créative de la Fondation SCP est également très impliquée dans l'organisation d'événements et de concours. Par exemple, des événements peuvent être organisés pour célébrer l'anniversaire de la Fondation SCP ou pour récompenser les auteurs les plus talentueux. Les concours peuvent porter sur des thèmes spécifiques, comme la création d'un nouvel objet SCP ou la rédaction d'un rapport d'expérience original.

En fin de compte, la communauté créative et les auteurs sont les véritables artisans de l'univers étendu de la Fondation SCP. Leur travail et leur dévouement ont contribué à faire de la Fondation SCP l'un des phénomènes culturels les plus fascinants et les plus populaires de notre époque.

# L'écriture et la soumission d'un SCP

L'écriture et la soumission d'un SCP (Secure Containment Procedure) est un processus rigoureux et complexe. Tout d'abord, il est important de noter que la création d'un SCP doit se faire dans le respect des règles et des normes établies par la Fondation SCP, pour garantir l'efficacité et la sécurité du confinement de l'objet SCP.

Le premier pas dans la création d'un SCP est de trouver une idée originale et unique. Il est essentiel que l'objet SCP soit distinctif et intéressant pour susciter l'attention de la communauté SCP. Les auteurs doivent donc être créatifs et ingénieux pour créer un SCP qui sera accepté et apprécié par les membres de la communauté.

Une fois l'idée de base trouvée, il est temps de développer les caractéristiques et les détails de l'objet SCP. Les auteurs doivent tenir compte de plusieurs éléments lors de la création de leur SCP, notamment la classe à laquelle appartient l'objet, les effets et les dangers potentiels qu'il peut présenter, ainsi que les procédures de confinement nécessaires pour le contenir.

Les auteurs doivent également inclure une description détaillée de l'objet SCP, y compris son apparence, ses capacités et ses propriétés physiques. De plus, les auteurs doivent décrire les effets potentiels de l'objet SCP sur les individus et les environnements qui l'entourent.

Une fois que l'objet SCP est créé et décrit en détail, il est temps de rédiger les procédures de confinement pour garantir que l'objet SCP soit confiné de manière sécurisée et efficace. Les auteurs doivent écrire des protocoles précis et détaillés qui indiquent comment l'objet SCP doit être manipulé, transporté, stocké et surveillé en tout temps.

Une fois que l'objet SCP et ses procédures de confinement sont rédigés, il est temps de soumettre le SCP à la communauté SCP pour examen et évaluation. Les auteurs doivent être prêts à recevoir des commentaires constructifs et critiques de la part de la communauté SCP pour améliorer leur SCP et le rendre plus convaincant.

Il est également important de noter que la communauté SCP utilise un système de vote pour évaluer les SCP soumis. Les auteurs doivent donc être prêts à accepter le résultat du vote, qu'il soit positif ou négatif, et à apporter les modifications nécessaires pour améliorer leur SCP.

## Les critères d'évaluation et le processus de vote

Pour évaluer les propositions SCP et déterminer si elles doivent être incluses dans la Fondation SCP, il existe un processus de soumission et de vote. Tout d'abord, tout membre de la communauté SCP peut soumettre une proposition pour un nouvel objet SCP. Cette proposition doit respecter les normes de qualité établies par la Fondation SCP. Si elle est jugée conforme aux critères, la proposition est ajoutée à la liste des SCP proposés.

Ensuite, la proposition est examinée par des membres expérimentés de la communauté SCP, qui évaluent son originalité, sa qualité et sa pertinence. Les critères d'évaluation peuvent varier en fonction du type de proposition, mais ils incluent généralement la cohérence interne de l'histoire, la pertinence de l'objet par rapport à l'univers SCP existant et la qualité de l'écriture.

Si la proposition est jugée suffisamment bonne, elle est ajoutée à la liste des SCP candidats. Les membres de la communauté peuvent ensuite voter pour leur proposition préférée. Le processus de vote est anonyme et les membres peuvent voter pour autant de propositions qu'ils le souhaitent. Les propositions les mieux notées sont ajoutées à l'univers SCP et deviennent des objets SCP officiels.

Le processus de vote est un élément important de la communauté SCP, car il garantit que seules les propositions de qualité sont incluses dans l'univers SCP. Cela permet également aux membres de la communauté de participer activement à l'évolution de l'univers SCP et de décider quels objets SCP sont les plus intéressants et pertinents. De plus, le processus de vote permet de promouvoir les auteurs talentueux et de les récompenser pour leur travail.

Il convient de noter que le processus de soumission et de vote n'est pas le seul moyen pour un objet SCP de devenir officiel. Les membres de la Fondation SCP peuvent également créer de nouveaux objets SCP en réponse à des événements de l'univers SCP existant, ou encore les développer à partir d'histoires ou d'événements déjà établis. De plus, les membres peuvent créer des histoires et des contes qui explorent les aspects de l'univers SCP qui ne sont pas directement liés aux objets SCP.

# Les branches internationales de la Fondation SCP

La Fondation SCP est une organisation internationale qui a pour mission de sécuriser, contenir et protéger l'humanité contre les anomalies, les phénomènes surnaturels et les entités dangereuses. La Fondation SCP a développé une structure organisationnelle complexe, divisée en plusieurs branches internationales qui travaillent ensemble pour atteindre ses objectifs. Dans cette section, nous allons examiner les différentes branches de la Fondation SCP et leur rôle dans l'organisation.

Tout d'abord, nous avons la branche américaine, également connue sous le nom de SCP Foundation USA. Cette branche est la plus grande et la plus ancienne de la Fondation SCP. Elle est responsable de la plupart des opérations de terrain et de la coordination des autres branches de la Fondation dans le monde entier. La branche américaine de la Fondation SCP est considérée comme la plus importante en raison de son rôle central dans la fondation de l'organisation.

Ensuite, nous avons la branche européenne, également connue sous le nom de SCP Foundation Europe. Cette branche est responsable des opérations en Europe et en Afrique. Elle est connue pour sa forte présence en France, en Allemagne et en Grande-Bretagne. La branche européenne de la Fondation SCP est également considérée comme une branche importante, car elle est responsable de la sécurité de certaines des anomalies les plus dangereuses de la Fondation SCP.

La branche asiatique, également connue sous le nom de SCP Foundation Asia, est responsable des opérations en Asie et en Australie. Cette branche a été fondée relativement tard dans l'histoire de la Fondation SCP, mais elle est devenue l'une des plus importantes en raison de la présence de certaines des anomalies les plus étranges et dangereuses en Asie.

Enfin, nous avons la branche sud-américaine, également connue sous le nom de SCP Foundation Sud-America. Cette branche est responsable des opérations en Amérique du Sud et en Amérique centrale. Elle est relativement nouvelle par rapport aux autres branches de la Fondation SCP, mais elle a déjà eu un impact significatif sur la sécurité et la protection des populations locales.

Il convient de noter que ces branches ne sont pas les seules à travailler pour la Fondation SCP. Il existe également des branches régionales, des groupes de recherche, des groupes d'intervention mobiles et d'autres divisions qui travaillent ensemble pour atteindre les objectifs de l'organisation. En outre, la Fondation SCP collabore souvent avec d'autres organisations, y compris des gouvernements, des universités et des entreprises, pour atteindre ses objectifs.

## Les défis et concours au sein de la communauté

La communauté SCP est une communauté créative dynamique et passionnée qui s'est développée autour de la Fondation SCP. Les défis et concours sont des événements importants pour cette communauté, car ils stimulent la créativité et la participation des membres.

Les défis de la communauté SCP sont des compétitions où les membres sont invités à créer du contenu original basé sur un thème ou un sujet spécifique. Les défis peuvent être organisés par des membres de la communauté ou par des administrateurs de sites web SCP. Les participants peuvent créer des articles SCP, des contes ou des illustrations, par exemple.

Les concours, quant à eux, sont des événements organisés par des administrateurs de sites web SCP où les membres peuvent soumettre du contenu original pour être évalué par un jury. Les concours peuvent avoir différentes catégories, telles que les meilleurs articles SCP, les meilleurs contes ou les meilleures illustrations.

Les défis et concours sont importants pour la communauté SCP, car ils encouragent les membres à développer leur créativité, à améliorer leurs compétences en écriture et à partager leur travail avec les autres membres de la communauté. Les défis et concours sont également un moyen pour les membres de la communauté de se connecter entre eux, d'échanger des idées et de construire des amitiés.

Les défis et concours peuvent également être une source de controverse au sein de la communauté SCP. Certains membres peuvent se sentir exclus ou mal représentés dans certains défis ou concours, ce qui peut entraîner des discussions animées sur les forums de discussion.

En fin de compte, les défis et concours sont une partie importante de la communauté SCP. Ils encouragent la créativité et la participation des membres, et permettent à la communauté de se connecter et de s'engager avec leur passion commune pour l'univers de la Fondation SCP.

# L'impact culturel et sociétal de la Fondation SCP

## La Fondation SCP et la culture populaire

La Fondation SCP a une grande influence sur la culture populaire, notamment sur les médias en ligne. Depuis sa création, de nombreuses œuvres ont été inspirées par les idées et les concepts de la Fondation SCP. Que ce soit dans les jeux vidéo, les films, les séries télévisées, les bandes dessinées, les romans, ou même dans les arts visuels, la Fondation SCP a influencé de nombreux artistes et créateurs.

La communauté SCP elle-même a contribué à l'expansion de la culture populaire de la Fondation SCP en créant des récits et des contes sur la Fondation SCP. Les membres de la communauté ont également créé des objets SCP personnalisés et des illustrations pour les accompagner. Ces œuvres créatives ont permis à la Fondation SCP de se populariser dans le monde entier.

L'une des raisons pour lesquelles la Fondation SCP est si populaire est son style unique de narration. Les récits de la Fondation SCP sont souvent présentés sous forme de fichiers et de rapports, ce qui crée une atmosphère réaliste et immersive. Les descriptions détaillées des objets SCP, des protocoles de confinement et des procédures d'urgence renforcent encore cette immersion. Les récits de la Fondation SCP sont connus pour leur capacité à donner aux lecteurs l'impression de vivre une expérience réelle, ce qui contribue à leur popularité.

La popularité de la Fondation SCP a également été renforcée par la communauté Internet qui s'est approprié la Fondation SCP comme un mème. Les utilisateurs d'Internet ont créé de nombreux mèmes sur la Fondation SCP, tels que des images modifiées ou des parodies, ce qui a permis à la Fondation SCP de gagner en visibilité sur les réseaux sociaux.

En plus d'être une source d'inspiration pour les créateurs de contenus, la Fondation SCP a également eu une influence sur la science-fiction moderne. Les récits de la Fondation SCP ont inspiré de nombreux auteurs et réalisateurs dans leurs créations. La Fondation SCP a contribué à l'émergence d'un nouveau genre de science-fiction, caractérisé par un style narratif axé sur les fichiers et les rapports, qui a été repris par de nombreuses œuvres populaires.

## La Fondation SCP et la science-fiction moderne

La Fondation SCP est un exemple frappant de la façon dont la science-fiction a évolué pour s'adapter aux nouveaux médias et aux nouvelles formes de narration. Avec son site web interactif, ses histoires horribles et ses intrigues mystérieuses, la Fondation SCP a capturé l'imagination des fans de science-fiction moderne à travers le monde.

La Fondation SCP s'inscrit dans la tradition de la fiction d'horreur et de la science-fiction, tout en innovant avec des éléments narratifs interactifs. Les histoires SCP (Secure Contain Protect) sont des descriptions détaillées d'objets, de lieux ou d'êtres mystérieux qui ont été découverts par la Fondation SCP et qui doivent être maintenus sous haute sécurité. Ces descriptions sont souvent accompagnées de rapports, de notes personnelles et d'autres documents qui aident à donner vie à ces histoires.

La Fondation SCP a également créé un univers étendu de fiction, avec des histoires connectées et des personnages récurrents qui ont été développés par de nombreux auteurs au fil du temps. L'univers étendu de la Fondation SCP est un exemple de la façon dont les fans peuvent participer activement à la création de nouvelles histoires et de nouveaux personnages dans une communauté créative.

La Fondation SCP a également inspiré d'autres œuvres de fiction, notamment des jeux vidéo, des films et des émissions de télévision. L'influence de la Fondation SCP sur ces médias est particulièrement évidente dans des jeux comme «SCP: Containment Breach» et «SCP: Secret Laboratory», qui ont capturé l'essence de la Fondation SCP avec leur gameplay horrifique et leur attention aux détails.

La Fondation SCP a également soulevé des questions importantes dans la science-fiction moderne, notamment la façon dont nous traitons les objets mystérieux et les êtres inconnus. Les histoires SCP ont également exploré des thèmes tels que la survie, la découverte, la manipulation génétique et l'éthique scientifique.

## L'influence de la Fondation SCP sur les autres œuvres de fiction

Depuis sa création en 2008, la Fondation SCP a acquis une immense popularité dans la communauté des amateurs de science-fiction et d'horreur. Cette popularité s'est étendue au-delà de son univers d'origine, influençant de nombreuses autres œuvres de fiction dans différents médias.

La Fondation SCP a inspiré une multitude de fanfictions, de jeux vidéo, de films, de séries télévisées et de bandes dessinées. De plus, des éléments de l'univers SCP ont été incorporés dans des jeux de rôle, des podcasts et des jeux de société. La popularité de la Fondation SCP est telle qu'elle a également inspiré des mèmes et des produits dérivés.

L'influence de la Fondation SCP sur les autres œuvres de fiction est principalement due à l'originalité et la profondeur de son univers. La Fondation SCP offre un grand nombre de créatures, d'objets et d'événements étranges et inquiétants, ainsi qu'une organisation complexe et intrigante. Les différentes classes d'objets SCP offrent une variété de possibilités narratives, allant des objets inoffensifs aux créatures extrêmement dangereuses.

La Fondation SCP a également influencé d'autres œuvres de fiction dans sa façon de gérer la complexité de son univers. La structure organisationnelle de la Fondation SCP est clairement définie et bien développée, ce qui a inspiré de nombreuses autres œuvres de fiction à créer des organisations similaires. Les personnages clés de la Fondation SCP, tels que les membres du Conseil O5 et les directeurs de sites, ont également été des modèles pour d'autres personnages dans des œuvres de fiction similaires.

Enfin, la Fondation SCP a également influencé la façon dont les histoires sont racontées dans la fiction. Les récits de la Fondation SCP sont souvent présentés sous forme de fichiers et de documents, ce qui crée une atmosphère de réalisme et d'authenticité. De plus, les procédures de confinement et les protocoles d'urgence sont souvent détaillés dans les récits de la Fondation SCP, créant ainsi un univers cohérent et crédible.

# L'univers étendu de la Fondation SCP

## Le site web SCP

Le site web SCP est un élément central de la communauté SCP, et une source précieuse d'informations pour les fans de l'univers SCP. Créé en 2008 par la Fondation SCP elle-même, le site web est la principale plateforme de publication pour les articles SCP, les contes et les documents connexes.

Le site web SCP est organisé de manière claire et intuitive, avec une mise en page minimaliste et facile à naviguer. La page d'accueil présente les articles SCP les plus récents, ainsi que des liens vers des catégories d'objets spécifiques et des pages de navigation pour les différentes sections du site. Les visiteurs peuvent facilement trouver les informations dont ils ont besoin, qu'ils cherchent des détails sur un objet SCP spécifique ou des informations générales sur la Fondation SCP.

L'une des principales caractéristiques du site web SCP est la grande quantité de contenu généré par les utilisateurs. Les membres de la communauté SCP sont encouragés à créer leurs propres articles SCP, ainsi que des contes et des documents connexes. Le site web fournit des instructions détaillées sur la manière de soumettre du contenu, ainsi que des critères d'évaluation pour garantir que le contenu proposé est de haute qualité et conforme aux normes de la Fondation SCP.

Le site web SCP est également une plateforme de discussion importante pour la communauté SCP. Les visiteurs peuvent laisser des commentaires sur les articles SCP et discuter des détails des objets SCP avec d'autres fans. Il existe également des forums de discussion et des salles de chat pour discuter de sujets SCP plus larges, ainsi que pour planifier des projets collaboratifs et des événements.

Enfin, le site web SCP est un élément clé de la stratégie de marketing de la Fondation SCP. Le site web est régulièrement mis à jour avec de nouveaux contenus et des événements, ce qui permet de maintenir l'intérêt de la communauté SCP et d'attirer de nouveaux fans. La Fondation SCP a également publié des produits dérivés, tels que des livres et des jeux vidéo, qui sont commercialisés via le site web.

## Les œuvres dérivées et adaptations

La Fondation SCP a réussi à captiver l'imagination de nombreux fans, non seulement avec ses histoires effrayantes et intrigantes, mais aussi avec les œuvres dérivées et adaptations qui ont été créées par la communauté SCP. De nombreuses adaptations ont été réalisées, allant des jeux vidéo aux films en passant par les séries télévisées, les podcasts et les romans.

Le site web de la Fondation SCP a été la source de nombreuses adaptations et œuvres dérivées. Des écrivains amateurs ont créé leurs propres histoires, explorant l'univers de la Fondation SCP et inventant de nouveaux objets SCP. Certains de ces écrivains ont même créé leurs propres canons narratifs qui sont devenus très populaires auprès de la communauté SCP. Les canons narratifs sont des histoires qui s'inspirent de l'univers de la Fondation SCP, mais qui sont écrites par des auteurs différents et qui ont leurs propres histoires, personnages et règles.

En plus des histoires écrites, il y a eu de nombreuses adaptations en jeux vidéo. Le plus célèbre d'entre eux est probablement SCP – Containment Breach, qui est un jeu d'horreur en première personne qui place le joueur dans la peau d'un agent de la Fondation SCP. Le joueur doit explorer un site de confinement de la Fondation SCP rempli d'objets dangereux et effrayants, tout en évitant les dangers et en accomplissant des missions pour tenter de contenir les objets.

Des adaptations cinématographiques et télévisuelles de la Fondation SCP ont également été produites. Bien que certaines de ces adaptations soient des productions indépendantes, d'autres ont été produites par des studios professionnels. Par exemple, la série télévisée « The SCP Foundation » a été produite par la société de production russe Gazprom Media et a été diffusée en Russie en 2019. Cette série suit un groupe d'agents de la Fondation SCP qui enquêtent sur des objets SCP dangereux.

En plus des adaptations cinématographiques et télévisuelles, il y a également eu des adaptations en podcast et en roman. Par exemple, le podcast « The SCP Archives » est une série d'histoires audio qui explorent l'univers de la Fondation SCP, tandis que le roman « SCP Foundation: Iris Through the Looking Glass » est un roman de science-fiction qui explore les événements autour d'un objet SCP appelé « Iris ».

Il est important de noter que bien que certaines de ces adaptations soient officielles et aient été approuvées par la Fondation SCP, d'autres sont des productions indépendantes créées par des fans de la Fondation SCP. Cependant, la Fondation SCP encourage la créativité et l'imagination de sa communauté, et a mis en place des licences qui permettent aux créateurs de produire des œuvres dérivées sous certaines conditions.

## Les adaptations cinématographiques et télévisuelles

L'univers de la Fondation SCP s'est rapidement étendu au-delà de son site web d'origine pour inclure des adaptations cinématographiques et télévisuelles. Ces adaptations ont été réalisées par des fans dévoués qui ont réussi à transformer l'univers complexe de la Fondation en une expérience visuelle captivante pour le grand public.

Le premier film basé sur la Fondation SCP est SCP Containment Breach, sorti en 2012. Le film suit un détenu de classe D qui tente de s'échapper d'un site de la Fondation SCP alors que les objets contenus dans les cellules ont été libérés accidentellement. SCP Containment Breach a été un succès critique et commercial et a contribué à la popularité de la Fondation SCP auprès des fans de science-fiction et d'horreur.

Depuis, la Fondation SCP a inspiré de nombreux autres films, séries télévisées, et projets audiovisuels. Certains de ces projets ont été réalisés par des fans, tandis que d'autres ont été produits par des studios professionnels. Par exemple, en 2021, Amazon Studios a annoncé la production d'une série télévisée basée sur la Fondation SCP, qui devrait sortir prochainement.

Cependant, les adaptations cinématographiques et télévisuelles de la Fondation SCP ont également suscité des débats et des controverses au sein de la communauté SCP. Certains fans se sont opposés à l'idée de voir l'univers complexe de la Fondation réduit à des clichés de films d'horreur bon marché ou à des adaptations simplistes qui ne rendraient pas justice à la richesse des histoires et des personnages de l'univers SCP.

Malgré ces réserves, les adaptations cinématographiques et télévisuelles de la Fondation SCP continuent de susciter l'intérêt et l'engouement des fans du monde entier. Elles offrent une nouvelle façon d'explorer l'univers captivant de la Fondation SCP, tout en élargissant l'audience et en introduisant de nouveaux publics à cet univers passionnant.

## Les jeux vidéo et expériences interactives

Les jeux vidéo et expériences interactives sont un moyen unique pour les fans de la Fondation SCP de plonger dans l'univers complexe et mystérieux de la Fondation. Au fil des ans, de nombreux jeux et expériences ont été créés par des fans, allant des jeux de survie à des simulations de confinement d'objets SCP, en passant par des jeux d'aventure et d'horreur.

Ces jeux et expériences offrent aux fans une occasion de vivre des histoires captivantes, de découvrir de nouveaux objets SCP et d'explorer les différentes installations de la Fondation. Ils permettent également aux fans de participer à l'univers SCP en créant leurs propres objets SCP et en les soumettant à la communauté SCP pour approbation et inclusion dans la canon SCP.

Parmi les jeux les plus populaires, on peut citer SCP: Containment Breach, qui est un jeu de survie où les joueurs doivent s'échapper d'un site de confinement de la Fondation SCP tout en évitant les objets SCP dangereux et les agents de sécurité. SCP: Secret Laboratory est un autre jeu en ligne populaire qui permet aux joueurs de jouer le rôle d'un membre du personnel de la Fondation SCP et de collaborer pour neutraliser les objets SCP et éviter les brèches de confinement.

En plus des jeux vidéo, il y a également des expériences interactives telles que SCP-3008, qui simule l'exploration d'un magasin d'ameublement infini, et SCP-087-B, qui est une expérience de marche dans un escalier sans fin qui s'avère être hanté par un être terrifiant.

Ces jeux et expériences ont également inspiré des adaptations dans d'autres médias, notamment des séries télévisées, des films et des bandes dessinées, contribuant ainsi à la croissance de l'univers étendu de la Fondation SCP. La popularité de ces jeux et expériences témoigne de l'attrait universel de l'univers SCP, qui a captivé l'imagination de fans du monde entier.

## Événements et conventions

La communauté SCP est animée par une passion pour l'univers de la Fondation SCP et pour l'exploration de son histoire et de sa mythologie. De nombreux événements et conventions ont été organisés par des fans pour célébrer l'univers et permettre aux membres de la communauté de se rencontrer en personne.

L'un des événements les plus populaires est la SCP Con, qui est organisée chaque année aux États-Unis. La SCP Con rassemble des fans de la Fondation SCP venus du monde entier pour discuter de leur passion pour l'univers SCP, rencontrer des artistes et des écrivains, et participer à des activités en groupe.

D'autres conventions SCP sont organisées dans le monde entier, notamment en Europe, en Asie et en Australie. Ces événements permettent aux fans de la Fondation SCP de se réunir et de partager leur amour pour cet univers fascinant.

En plus des conventions, de nombreux événements en ligne sont organisés par la communauté SCP, notamment des streams en direct, des séances de jeu de rôle et des discussions de groupe. Ces événements permettent aux fans de la Fondation SCP de se connecter et de s'engager avec l'univers en temps réel.

L'univers SCP est également présent sur de nombreux sites

de médias sociaux, notamment Reddit et Tumblr, où les fans partagent des fanfictions, des illustrations, des vidéos et des discussions sur la Fondation SCP. Ces sites sont des endroits populaires pour les fans de l'univers pour échanger des idées, partager leur passion et se connecter avec d'autres fans.

# Perspectives et avenir de la Fondation SCP

## Évolution de la Fondation face aux défis mondiaux

L'évolution de la Fondation SCP face aux défis mondiaux est un sujet crucial et d'actualité. Au fil des années, la Fondation a dû s'adapter aux nouvelles menaces et défis qui se sont présentés. De la lutte contre les objets SCP, à la collaboration internationale, en passant par la prise en compte de la durabilité environnementale, la Fondation SCP a dû faire face à des défis complexes et variés.

L'un des défis les plus importants auxquels la Fondation SCP a dû faire face est la menace croissante des Groupes d'Intérêt hostiles. Ces groupes, qui cherchent à perturber les efforts de la Fondation SCP, sont de plus en plus organisés et dangereux. Pour contrer cette menace, la Fondation a dû renforcer ses mesures de sécurité et de surveillance.

En outre, la Fondation SCP a également dû faire face à l'augmentation de la menace terroriste dans le monde entier. Les attaques terroristes ont entraîné une augmentation de la demande de la Fondation en matière de sécurité et de prévention des attaques. Pour répondre à cette demande, la Fondation a renforcé ses mesures de sécurité et de surveillance.

Un autre défi majeur est celui de la durabilité

environnementale. La Fondation SCP, en tant qu'organisation mondiale, est confrontée à la responsabilité de protéger l'environnement et de promouvoir la durabilité. Pour atteindre cet objectif, la Fondation a mis en place des politiques environnementales et des programmes de développement durable dans ses installations à travers le monde.

Enfin, la Fondation SCP a dû s'adapter aux nouveaux défis technologiques. Les progrès technologiques ont créé de nouvelles menaces et de nouvelles opportunités pour la Fondation. Pour répondre à ces défis, la Fondation a investi dans la recherche et le développement de nouvelles technologies et méthodes de confinement.

## Nouvelles technologies et méthodes de confinement

La Fondation SCP utilise des méthodes de confinement innovantes pour maintenir les objets SCP sous contrôle. Avec l'avancement constant de la technologie, de nouvelles techniques ont été développées pour aider à maintenir la sécurité et la stabilité des sites de la Fondation.

La technologie a permis la mise en place de systèmes de sécurité sophistiqués, tels que des caméras de surveillance, des capteurs de mouvement, des dispositifs de suivi et des contrôles d'accès à distance. Les dispositifs de sécurité modernes sont conçus pour détecter tout comportement anormal et pour alerter immédiatement le personnel de sécurité en cas de danger. Les nouvelles technologies de surveillance permettent également de surveiller les sites de la Fondation SCP de manière plus efficace et plus précise.

La Fondation SCP utilise également des méthodes de confinement plus avancées, telles que les champs de force et les chambres de confinement améliorées. Les champs de force sont des barrières énergétiques qui sont utilisées pour empêcher les objets SCP de sortir de leur zone de confinement. Les chambres de confinement améliorées sont des environnements contrôlés dans lesquels les objets SCP sont enfermés. Ces chambres sont équipées de systèmes de contrôle de l'humidité, de la température et de la pression atmosphérique pour maintenir l'environnement idéal pour chaque objet SCP.

De plus, la Fondation SCP utilise également des méthodes de confinement biologique pour les objets SCP qui sont des organismes vivants. La méthode la plus courante est la mise en quarantaine des objets SCP, ce qui implique leur isolement total du reste de l'environnement. Les chercheurs de la Fondation SCP étudient ensuite les objets dans des laboratoires de recherche biologique, où ils peuvent être examinés en toute sécurité.

Enfin, la Fondation SCP est en train de développer de nouvelles technologies pour améliorer ses méthodes de confinement. De nouveaux matériaux pour les chambres de confinement sont en cours de développement, ainsi que des technologies pour améliorer la sécurité et la stabilité des sites de la Fondation SCP. La Fondation SCP est également en train de développer des robots et des drones pour assister le personnel de sécurité dans la surveillance et la sécurité des sites de la Fondation.

# Collaboration internationale et échanges d'informations

La Fondation SCP est une organisation de sécurité mondiale qui a pour mission de protéger l'humanité contre les objets, phénomènes et entités anormales. Pour remplir cette mission, la Fondation SCP doit travailler en étroite collaboration avec d'autres organisations similaires à travers le monde. Les échanges d'informations et la coopération internationale sont donc essentiels pour la Fondation SCP.

La collaboration internationale est un aspect clé de la Fondation SCP. La Fondation SCP travaille avec des organisations similaires à travers le monde pour partager des informations et coordonner des opérations. La Fondation SCP a établi des relations avec des organisations gouvernementales, militaires, scientifiques et secrètes pour obtenir des ressources et des informations supplémentaires. La Fondation SCP collabore également avec d'autres Groupes d'Intérêt (GI), y compris la Coalition Mondiale Occulte (CMO), pour atteindre ses objectifs.

Les échanges d'informations sont également vitaux pour la Fondation SCP. La Fondation SCP collecte des informations sur les objets anormaux du monde entier et les partage avec d'autres organisations pour une meilleure compréhension des phénomènes anormaux et pour améliorer la sécurité mondiale. La Fondation SCP dispose également d'une bibliothèque de documentation SCP, contenant des informations détaillées sur les objets anormaux et les procédures de confinement.

La Fondation SCP utilise également des plateformes en ligne pour partager des informations et collaborer avec d'autres organisations et personnes. Le site web de la Fondation SCP est un exemple de cela. Il s'agit d'un site web de fiction collaborative où les membres de la communauté peuvent contribuer à l'univers SCP en créant de nouveaux objets anormaux, en écrivant des histoires et en partageant des idées.

Cependant, la collaboration internationale peut également présenter des défis pour la Fondation SCP. La Fondation SCP doit respecter les lois et les réglementations de chaque pays avec lequel elle travaille. La Fondation SCP doit également prendre en compte les différences culturelles et les problèmes de sécurité nationale. Pour résoudre ces défis, la Fondation SCP travaille en étroite collaboration avec des agences gouvernementales et des organisations de renseignement pour coordonner ses efforts.

## Découvertes et recherches à venir

En ce qui concerne les découvertes et recherches à venir sur la Fondation SCP, il y a encore beaucoup de questions à explorer et de mystères à résoudre. La Fondation SCP est un monde complexe et en constante évolution, avec de nouvelles découvertes et développements qui se produisent régulièrement.

L'une des principales zones de recherche qui doit être explorée concerne la nature des objets SCP eux-mêmes. Alors que nous avons découvert un grand nombre d'objets SCP et les avons classifiés en différentes classes, il reste encore beaucoup à apprendre sur la nature de ces objets, leur origine et leur fonctionnement.

En particulier, les scientifiques de la Fondation SCP doivent se concentrer sur la classification de nouveaux objets SCP et la compréhension des propriétés et des caractéristiques des objets existants. De nouvelles recherches devraient être menées pour déterminer si de nouveaux types d'objets SCP existent et comment ils peuvent être classifiés.

Un autre domaine de recherche important concerne les groupes d'intérêt et leur rôle dans l'univers de la Fondation SCP. Alors que nous avons déjà une connaissance approfondie de certains groupes, il y a encore beaucoup de groupes à découvrir et à comprendre.

En particulier, les chercheurs doivent enquêter sur les relations entre la Fondation SCP et les différents groupes d'intérêt. Les scientifiques doivent déterminer s'il existe des groupes d'intérêt qui ont des relations positives avec la Fondation SCP et s'ils peuvent être utilisés comme alliés dans la lutte contre les dangers du monde.

Enfin, les scientifiques de la Fondation SCP devraient également se concentrer sur les méthodes de confinement et les protocoles de sécurité. Alors que la Fondation SCP a une grande expérience dans la confinement des objets SCP, il y a encore beaucoup à apprendre sur les protocoles de sécurité les plus efficaces pour prévenir les incidents et les brèches de confinement.

En particulier, les scientifiques de la Fondation SCP doivent explorer de nouvelles méthodes de confinement et de sécurité, y compris l'utilisation de technologies avancées et la coopération internationale. La Fondation SCP doit continuer à évoluer et à s'adapter aux nouveaux dangers et menaces du monde pour assurer la sécurité de tous.

# Conclusion

## L'héritage de la Fondation SCP

L'héritage de la Fondation SCP est complexe et multifacette. Depuis sa création, la Fondation a été le catalyseur de nombreux changements sociaux, culturels et artistiques. Elle a également eu un impact significatif sur la science-fiction moderne et a influencé de nombreux écrivains, artistes et créateurs de contenu.

La Fondation SCP a réussi à construire un univers cohérent et immersif qui a captivé des millions de personnes à travers le monde. L'héritage de la Fondation SCP est avant tout celui d'une communauté créative et imaginative qui a réussi à créer une mythologie moderne, pleine de mystères, de dangers et de découvertes. Cette communauté a développé un langage, des codes et des références qui sont désormais intégrés à la culture populaire.

L'héritage de la Fondation SCP est également celui d'une œuvre collective, qui repose sur la contribution de milliers de personnes à travers le monde. Des écrivains, des artistes, des musiciens et des créateurs de jeux ont tous participé à l'élaboration de cet univers complexe et fascinant. La Fondation SCP est un exemple unique de création collective, qui a su mobiliser et fédérer une communauté autour d'un projet commun.

La Fondation SCP a également eu un impact sur la science-fiction moderne. Elle a inspiré de nombreux écrivains et artistes qui ont intégré des éléments de la mythologie SCP dans leurs propres œuvres. La Fondation SCP a également contribué à la popularité de la creepypasta, un genre littéraire qui se concentre sur les histoires d'horreur diffusées sur internet.

Enfin, l'héritage de la Fondation SCP est celui d'une œuvre qui continue à évoluer et à se développer. Depuis sa création, de nombreuses histoires ont été écrites, de nouveaux objets SCP ont été découverts et de nouveaux événements ont été narrés. La Fondation SCP est une œuvre vivante, qui continue à inspirer et à captiver de nombreux fans à travers le monde.

## Les défis contemporains et futurs de la Fondation SCP

Les défis contemporains et futurs de la Fondation SCP sont nombreux, compte tenu des enjeux mondiaux et des évolutions de la société. L'une des premières préoccupations de la Fondation SCP est la surveillance et la protection des objets SCP face aux menaces externes, qu'elles soient humaines ou naturelles. Il est donc crucial que la Fondation SCP développe des technologies de pointe pour mieux surveiller et contrôler les objets SCP, et que des plans de sécurité et de prévention des risques soient en place.

Un autre défi majeur pour la Fondation SCP est la gestion de l'information. Avec l'augmentation du nombre d'objets SCP et de sites de confinement, la Fondation SCP doit s'assurer que les informations sont correctement collectées, analysées et stockées. Des protocoles de communication et de partage de l'information doivent être établis pour garantir la coordination et l'efficacité de la Fondation SCP.

La Fondation SCP doit également s'adapter aux évolutions de la société et aux nouvelles menaces qui pourraient surgir. Les nouveaux objets SCP doivent être rapidement identifiés et confinés, et de nouveaux protocoles de confinement et de prévention des risques doivent être élaborés. La Fondation SCP doit également anticiper les futurs défis et menaces, et se préparer à faire face à des situations encore inconnues.

Par ailleurs, la Fondation SCP doit continuer à maintenir une transparence et une communication efficace avec les Groupes d'Intérêt alliés, neutres et hostiles. Les alliances stratégiques avec ces groupes sont importantes pour assurer la sécurité de la Fondation SCP et de l'humanité, et la Fondation SCP doit continuer à travailler avec eux pour atteindre des objectifs communs.

Enfin, la Fondation SCP doit également se concentrer sur la sensibilisation et l'éducation du grand public sur l'existence des objets SCP et la mission de la Fondation SCP. La Fondation SCP doit travailler à réduire la stigmatisation des individus affectés par des objets SCP et à promouvoir une compréhension plus large de la sécurité mondiale. La Fondation SCP doit également travailler à l'élaboration de politiques éthiques solides pour traiter les individus affectés par les objets SCP et garantir leur dignité et leur sécurité.

# Invitation à poursuivre l'exploration de l'univers SCP

Cher lecteur, si vous êtes arrivé jusqu'ici, c'est que vous êtes déjà plongé dans l'univers fascinant de la Fondation SCP. Vous avez découvert la structure interne de la Fondation, les objets SCP, les opérations de récupération et d'enquête, les événements marquants de l'histoire de la Fondation, les controverses éthiques et bien plus encore. Mais sachez que l'univers de la Fondation SCP est bien plus vaste et complexe que ce que nous avons abordé dans ce livre.

Si vous souhaitez approfondir vos connaissances sur la Fondation SCP, nous vous invitons à poursuivre l'exploration de cet univers unique et captivant. Pour ce faire, nous vous recommandons de consulter le site web officiel de la Fondation SCP, où vous pourrez découvrir de nouveaux objets SCP, lire des récits et contes de la Fondation, et vous plonger dans l'univers étendu de la Fondation SCP.

Vous pouvez également rejoindre la communauté SCP en devenant membre du site web officiel, en écrivant votre propre SCP ou en participant aux défis et concours de la communauté. Vous pourrez ainsi partager votre passion pour la Fondation SCP avec d'autres fans du monde entier, échanger des idées et découvrir de nouveaux horizons.

Enfin, si vous êtes un fan de jeux vidéo, vous pouvez également découvrir les adaptations et jeux vidéo inspirés de l'univers de la Fondation SCP, tels que «SCP: Containment Breach» ou «SCP: Secret Laboratory». Ces jeux vous permettront de découvrir l'univers de la Fondation SCP de manière interactive et immersive.

En somme, l'univers de la Fondation SCP est riche, complexe et en constante évolution. Il est donc important de continuer à explorer cet univers pour découvrir de nouveaux objets SCP, récits et contes fascinants, et pour comprendre les enjeux éthiques et philosophiques soulevés par la Fondation SCP. Nous espérons que ce livre vous aura donné envie de poursuivre cette exploration, et nous vous souhaitons une bonne continuation dans votre découverte de l'univers de la Fondation SCP.

Printed in France by Amazon
Brétigny-sur-Orge, FR